• 팔공산 촌부 blog story •

농업아, 너 어디 가니

머리말

육군 만기 전역을 하고 긍지와 자부심을 느끼고 선택한 직업, 환경 기사였는데 세상은 필자를 시나브로 환경오염의 주범을 만들고 있었다. 직장과 직업에 대한 회의감과 죄책감에 결국 1995년 초겨울 어느 날 사표를 던지고 팔공산 자락 구암골에서 연리 25% 농협 대출금 9,600만 원으로 수경 재배 농장을 세우고 귀농생활을 시작하였습니다.

팔공산은 신라 화랑과 김유신의 기개와 천년 고찰 그리고 팔선의 설화가 있고, 고려 태조 왕건과 후백제 견훤의 용호상박 이야기가 길 따라 굽이치고, 불의와 타협하지 않는 의병들의 투혼이 살아 있는 충의의 명산입니다. 또 민족의 주권 회복을 위하여 국채보상운동을 일으켰던 대구에서 국민의 건강한 먹거리를 나누어드리기 위하여 소비자와 생산자는 하나의 큰 울타리 내에 사는 가족과 같다는 신념과 농사 철학으로 한울농원은 맛있는 팔공 유기 쌈 이야기를 만들게 되었습니다.

자타가 공인하는 대구광역시 최초 친환경 농산물 재배 인증 1호 농장으로 신의를 쌓으며 건강한 먹거리와 안전하고 안심할 수 있는 친환경 채소를 가꾸었습니다. 누구보다도 먼저 농산물 소포장과 리콜 제도 도입으로 차별화와 유통 혁신에 일조하면서 대한민국

친환경 농업의 표본이 되겠다는 야심에 찬 각오로 KS 친환경 농업 연구회를 결성하여 지역민과 함께하는 안심 안전한 농산물 생산과 건강을 나르는 팔공 유기 쌈 이야기는 그렇게 자라납니다.

웃음꽃으로 장밋빛 미래를 그리며 행복의 길을 찾아 때로는 멘토가 되기도 했지만, 정월 보름날 소지 올리는 어머니 마음처럼 살얼음 위에서 애절한 내일을 깎아 세우고, 절망으로 무너지는 벼랑길에서 멈추지 못해 질주하는 경주마처럼 앞만 보고 달려왔는데 행복은 짧고, 아픈 시련은 거침없는 파도가 되어 밀려왔습니다. 배송기사의 참담한 교통사고와 태풍 '매미'가 할퀴고 지나간 자리에서 통곡하는 어머니와 쓰린 상처가 되어버린 귀농 8년이 억울해서 새벽을 깨우는 희망을 잡고 꾸역꾸역 삼킨 눈물로 어깨를 씻고, 잃어버린 자존감을 불러서 진흙과 자갈을 걷어냈습니다. 다시 친환경 유기농업부터 시작하고 영농조합결성 그리고 교육과 학습을 통한 연구 활동으로 어렵다는 농산물의 규격화와 품질 균일화라는 소기의 성과도 이루었습니다.

친환경 농산물 재배 농장 주변의 불안전한 요소와 오염원을 근원적으로 차단하기 위하여 친환경 농업 지구를 조성하고 미생물 배양과 공동 육묘를 생산하여 조합원 농가에 공급함으로 모정의 맘으로 농작물에 감정을 싣고, 품격 있는 친환경 농산물 팔공산 유기 쌈 채소를 생산했습니다. 자운영농법과 친환경 유기농업을 확산하였기에 신지식 농업인이 되어 때로는 친환경 농산물 마케터로 활동하기도 하고, 한편으로는 리포트가 되어 한울농원의 맛있는 소식을 전해드렸습니다.

또한, 농업의 가치와 식량 주권의 중요성을 미래의 지표로 고민하면서 또다시 도시농업 속으로 스며들어 함께 나누고 즐기는 감성농업과 교육 농업, 체험 관광농업으로 예술과 농업이 조화를 이루고 새로운 문화로 창출되는 오감으로 즐기는 팜 파티를 열어가며 안심 안전한 농산물 생산과 바른 식생활 문화를 엮어가는 로컬 푸드를 선도하는 한울농원이 될 것입니다. 팔공 유기 한울 쌈 이야기는 아직 끝나지 않았습니다. 인간 상록수 완성을 위하여 나눔, 비움, 공유의 원칙으로 색깔 있는 농업으로 체험 관광, 교육 실습, 품앗이 뱅크와 인문학이 있는 한울 팜 카페로 어우러진 새로운 농업·농촌 문화 창출로 피어날 것입니다.

기해년 회갑을 맞이하여 26년간의 귀농생활을 되돌아보고 정리한 필자의 소소한 이야기지만, 귀농인 50만 명 시대를 맞이하여 인생 2막을 귀농·귀촌에서 찾으려는 분들께 조금이나마 도움이 되었으면 합니다. 끝으로 여기까지 오는 동안 아픈 상처는 보듬어주고, 실의와 절망으로 주저앉아 있을 때는 손을 내밀어 주며 아낌없이 용기와 희망을 실어주었던 나의 동반자 김연희와 어머니께 감사드립니다.

한울 곽해묵

| 목 차 |

제3장_ 팔공산 촌부의 춤추는 붓

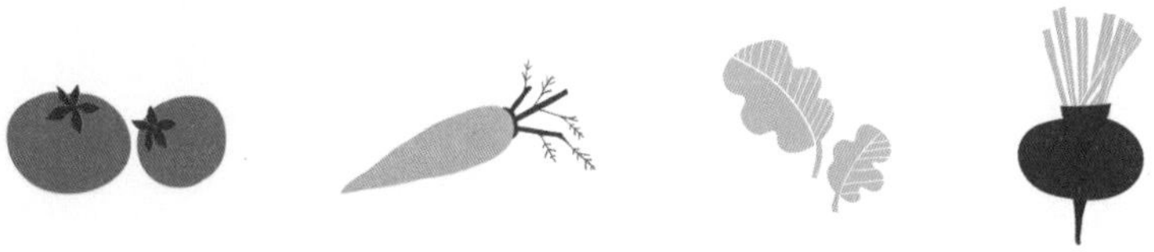

04 추억의 일기장 그리고 강의 노트

제1장

해외 연수기

1

농심의 침묵

상하이의 소름

태풍의 끝자락에 찾아온 가을장마가 농작물을 휘젓고 다니는데 5박 6일을 들어내어 시간을 나누기엔 많은 갈등과 고심으로 갈팡질팡하지 않을 수 없었다. 비단 소득 주도 성장 정책의 잘못만은 아니겠지만 나라 경제는 점점 더 침체의 늪으로 빨려 들어가고 있고, 초고령화 사회가 되어버린 현실에서 특히나 농업 농촌은 기력을 잃은 노쇠한 몸을 외국인 노동력이란 지팡이로 겨우 버티고 있는 현실에 있다. 하지만 배달민족의 역사를 대륙에서 몰아내고, 삼황오제와 공자까지 한족의 조상으로 삼고도 모자라서 동북공정으로 고구려 역사까지 앗아간 중국이 아니었던가? 특히 한족은 73번이나 사로잡았다 놓아준 치우천황 이후 단 한 번도 전쟁에서 배달민족을 이겨본 적이 없다. 그런 탓인지는 모르겠지만, 최근의 축구 국가 대항전에서까지 공한증에 시달려야 했던 중국이 환골탈태한 모습으로 사드를 구실삼아 우리에게 담판을 짓자고 했다. 이제는 공한증에서 완전히 벗어나 우리가 잃어버린 '다이내믹 코리아'란 호칭을 본뜬 '다이내믹 차이나'란 호칭을 얻고, 세계가 놀란 한강의 기적보다 더 빠른 속도로 일취월장 비약적인 발전을 거듭하고 있는 중국은 2015년부터 조선 및 철강, 제조업 등 1차산업이 우리를 추월했으니 어찌 중국을 주목하지 않을 수 있겠는가?

흔히들 여행은 선입견이든, 편견이든 아는 만큼만 볼 수 있다고 했다. 짧은 기간의 한정된 장소에서 이루어지는 농업 연수가 장님의 코끼리 탐색이 될지는 모르겠지만, 그래도 규모화와 자동화, 기업화 등 자본 집약적인 농업으로 변해버린 현재의 농업과 더 많은 투자를 요구하는 스마트 팜까지 강요하고 있는 앞으로의 농업에 소농들이 살아남을 수 있는 실낱같은 희망을 찾아봐야 하지 않겠는가?

국회도서관장 허 관장님의 「황푸강을 떠나며」라는 제목의 글에서처럼("악취로 찌든 화장실 속옷 빨래를 걸어놓은 뒷골목은 어디로 갔나? 인터넷과 IT 기술로 상하이 전체 도서관의 도서를 움직이는 시스템, 돈, 기술, 사람뿐 아니라 국가적 야망까지, 활력까지도….") 거대한 두려움으로 중국이 몰려오고 있다. 상업과 보험 금융의 중심지 상하이 푸동 거리(유일한 디자인으로만 건축된 건물이 존재하는 계획된 도시)의 동방명주 전망대에서 내 눈으로 놀라움과 탄식을 확인하는 순간이었다. 인구 2,400만 상하이는 청나라 말기에 아편전쟁의 아픔을 안고 개발하여 2012년부터 세계 최대 무역항으로 손꼽히던 싱가포르의 교역량을 능가한 세계 1위 무역항이 되었다고 하니, 나의 몸은 거대한 두려움이 몰려오는 느낌이 아니라 등골이 오싹하는 공포감에 소름이 돋아나고 있었다.

汇亚大厦
DBS

▲ 황푸강에서 바라본 동방명주

핫도그 하나 2,000원, 커피 한 잔 4,500원. 정대 광장(대형 마트) 식품관에 진열된 과일과 채소 가격 등 상하이 물가 역시 대구의 물가와 별반 차이가 없는 것 같았다. 우리가 과거에 매달려 편 가르기와 당리당략에 이전투구 하는 사이 그들은 생활 깊숙이 인터넷과 IT 기술이 시스템화되어 일상이 되어버린 나라 중국이, 시진핑이 부럽다. 부러우면 지는 것이라고 했지만 우리는 벌써 지고 있었지 않은가?

하지만 40억 인구가 살 수 있는 집을 지어서 부동산 투기 열기와 세수를 확보했음에도 불구하고 빈부의 격차는 악화되고, 인구 증산 정책 또한, 역시 우리가 겪었던 것보다 더 빠른 속도로, 중국 공민의 노령화(근로 평균연령 35세)로 인해 고령화 사회가 되고 있다고 하니 조금이나마 위안이 된다.

쿤밍(곤명)에게 농업을 묻다.

방송도 없었다. 탑승시간이 지났는데도 아무런 기척이 없어 탑승객이 "어찌 되나요?" 하니 무작정 기다리라고 했다. 그리고 25분 정도 지났을 무렵 부랴부랴 탑승을 완료하라더니 또 3시간여 비행기에 감금 아닌 감금이 되었다. 지연에 대한 사과나 원인에 대한 방송도 없었다.

중국 여행 중 이런 일은 다반사라는 여행사 측의 설명을 증명이나 하듯 탑승객(대부분 중국인) 누구 하나 항의를 하거나 상황 설명을 요구하거나 화를 내는 사람이 없었다. 인터넷과 IT 기술이 일상화된 나라에서 이해할 수 없는 일이다. 한 발짝을 옮길 때마다 길거리를 도배하고, 관광지, 관공서 곳곳에 펼쳐놓은 구호(부강 민주, 공명 정치 문명화 등)는 어딜 가고 무례와 무지한 하등 문화인의 민낯이 아닐 수 없다.

새벽 4시에 호텔에 투숙한 여독이 쌓여있는데도 6시 기상을 했다. 윈난성 쿤밍의 아침은 쏟아져 나온 2인 1조의 오토바이 물결 속에 점점이 박혀있는 자전거와 무질서한 자동차 행렬로 활기를 불어넣고 있었다. 구향 동굴의 관광 코스처럼 지나온 길은 뒤돌아볼 수는 있지만 되돌아갈 수 없고, 오직 전진하는 길만 존재하는 것처럼 중국은 저돌적인 정책으로 흑묘백묘를 앞세우고 지나온 과거보다는 오직 내일을 향한 현재만 존재한다는 듯이 가는 곳마다 폐건물 철거와 타워크레인이 빌딩 숲을 만들고 있었다. 윈난성은 어디를 가나 홍토였다. 토양에 철분이 많아 철이 산화되면서 붉은 홍토가 된 것이다. 예부터 고려 인삼이 중국인들에게 약효가 뛰어난 약재로 인정받아 유명세를 탄 것은 개성상인의 상술이 아니라 한반도가 금수강산 이란 토양과 물, 즉 재배 환경이 좋기 때문이었다. 그러나 중국의 토양은 중금속이 많이 포함되어 있고, 강우량도 부족한 아열대기후라 품질 좋은 약재나 농산물 생산이 어려웠다. 또한, 보통어가 된 위조 식품으로 자국 농식품을 불신하는 골이 깊게 새겨져 있다. 그런 불신을 잠재우려는 방편으로 중국 정부는 식품위생법에 사형이란 극형을 도입했단다. 그리고 석림 건강 약업 집단 유한회사는 삼칠입채(인삼과 같은 음지식물인 희귀 약재) 재배에 적합한 인공 토양을 개발하고, 또 삼칠입채 및 다른 약초들의 수경 재배법을 연구하고 있었다. 이러한 연구는 중국 토양에 산재된 중금속의 속박에서 벗어날 수 있는 수경 재배로 우수한 농산물을 재배할 목적이 아닐까 한다. 즉 첨단 과학 영농(수경 재배와 스마트 팜)으로 생산된 고품질 농산물은 1억 명의 부자들(자국 중국)에게 공급도 역부족이고, 윈난성에서 재래 농법으로 재배한 저가 농산물(배추, 토마토 옥수수, 마늘, 당근 등)은 우리 거상들이 계약재배로 우리나라의 밥상을 점령했으니 말이다.

윈난성(운남성)은 52개 소수민족으로 구성되어 있고, 농산물(화훼 농업이 주력임)의 무역이 주 소득원이란다. 그래서 윈난성 지방정부는 1인 3목의 식재 의무를 무시한 채 산을 개간하여 만든 계단식 논밭을 승인하고 있으며, 대규모로 개발된 풍경구(관광지)는 소수민족 우대 정책으로 운영되고, 경작면적만큼 경제적인 지원을 하는 농업정책을 펼치고 있다. 하지만 토림으로 가는 길에서 차창으로 읽어야 했던 봉림의 농업은 한 사람이 겨우 오르내릴 수 있는 지그재그형 오솔길로 이어진 계단식 논(벼)과 밭(옥수수)에서 짓는 농사, 즉 조선 시대에나 있을법한 원시 농업(잘개 타작)에서 평지의 넓은 들에는 트랙터가 로타리 작업을 하는 현대 농업까지 볼 수 있었다. 연간 강우량 900mm의 아열대기후로 사계절 봄 같은 날씨라서 농사짓기 좋다지만 토지의 소유권이 국가에 있는데, 오직 인력에만 의지해야 하는 가파른 계단식 논밭에서 문화 혜택을 포기하고 농사에 매달린 이유가 뭘까? 왜? 어째서? 뭐 때문에? 차창을 메운 의문의 물음이 뇌리에서 떠나질 않았다.

산꼭대기 계단식 원시 농업에서 만보기를 찬 러닝 닭이 고가에 불티나고, 스마트 팜으로 영양이 관리되는 돼지 농장까지 존재하는 중국의 농업을 소화하기가 어려울 뿐만 아니라 공산당이 통치하는 사회주의(공산주의, 전체주의)에서 소수민족 내 신분 계급의 존재를 인정하고 있다는 것, 빈부의 차등에 따라 등장한 새로운 신분 계급을 방치하는 것 또한 혼란스럽고 난해하기 그지없다. 하지만 허풍이 아닌 거대한 풍채로 길거리에서, 웅장한 비경의 풍경구(관광지)에서 마주친 중국인들의 모습은 변화하고 있었다. 그들 특유의 땟국물이 조금씩 벗겨지고 있었다. 사오십대의 얼굴은 아직도 칙칙한 표정에 땟국물이 여전하지만, 20대 젊은이들은 우리 아이들과 섞어놓으면 분간이 어려울 정도로 해말쑥하게 보였다. 그렇게 속내를 알 수 없는 중국 사회에도 신분 상승을 위하여 과외비와 사교육비를 충당하려면 맞벌이가 필수조건이 되었고, 인터넷 뱅크(4년 6개월 전부터 시행)와 GPS, IT 기술을 접목한 인터넷과 QR코드(거지들도 기부금을 계좌에 찍어달라고 구걸하는 나라) 시스템으로 일상생활은 물론 공용 전동 자전거의 이용, 필요한 시간에 이용 가능한 공동 임대 자가용(부동산 가격 폭등과 가파른 물가 상승에 나타난 신혼부부들의 경향) 등 보편화된 공민들의 생활은 전형적인 자본주의로 흘러가는 모양새다.

고요한 갈대의 침묵

12만 평의 만가한 생태원은 2만 평에 14종의 블루베리 시범 단지(톱 백 재배)와 복숭아, 살구, 앵두 등 과일 재배 단지로 조성되고 있는 농원으로, 과일 생산은 물론 가공, 체험, 레저, 숙식을 할 수 있는 현대식 대형 관광농원이었다.

신농생태원(쿤밍 신농문화 집단 유한공사) 역시 수경 재배와 유기농으로 재배한 각종 채소를 활용한 농업 관광, 농사 전시, 과보 교육, 양음미식, 연회 접대, 회의 숙박, 농경 체험, 혼사 촬영, 농산물 마켓 등등 종합 농업을 하고 있으며, 1일 방문객이 200명~1,000명이 된다. 인근 주민들도 신농생태원 마켓에서 각종 채소를 구매하고 있다고 한다.

이렇게 원시 농사에서 최첨단 영농 기법까지 공존하는 중국 농업을 서산 용문에서 곤명호수 갈대의 침묵으로 읽어야 했다. 일찍이 우리는 대규모 농식품 시장으로 변한 외식산업 시장(1인, 2인 가구의 급증 47%, 혼술, 혼밥, 편의점 냉동식품 급증)을 원가절감이 수익 증대라는 논리를 좇아 저가 수입 농산물에 내어주었다. 자본 집약적인 농업으로 변해버린 현대 농업에 따라 기업농으로 성장하지 못하고 산재한 리더에 의해서 6차 산업, 농업의 가치 부각을 외쳤지만, 경쟁력 없는 소농,

소작농으로 의기소침한 농심은 서민들의 애국심에, 신토불이 로컬 푸드로 애걸하며 허우적거리고 있지 않은가? 국가가 산업화로 선택과 집중할 때 우리 농업은 우골탑으로 인력 자원을 만들어주었고, 국가 부도 IMF 땐 눈물을 닦아주었다. 그것뿐인가? 지금은 베이비붐 세대들의 인생 2막의 자리로 국가의 부름을 받고 있지 않은가? 농업을 포기하고 선진국을 향해 달려온 수출 주도 정책의 부작용과 소득 주도 성장 정책으로 급격한 최저임금 상승을 반대하는 소상공인들의 시위는 끊이지 않는데, 그들보다 더 열악한 농부들은 늘 물가 상승의 주범으로 매도되면서 왜 고요한 침묵으로 일관하고 있는 것일까? 아마도 개돼지라는 바보 같은 침묵이 아니라면 적어도 과오 많은 지난 정부보다 잘할 것으로 믿고 맡겼는데, 과거 정부만 탓하면서 적폐 청산을 구실삼아 과거에 매달려서 한 발짝도 전진 못 하는 위정자를 더는 믿지 않고 소농, 취업농으로 전락한 농부들이 6차 산업이든, 그린 투어리즘이든, 치유 농업이든 소비자 맞춤 농업이든 살아남기 위한 그들의 갈대 같은 마음에 남은 침묵의 분노가 아닐까?

ㄹ

후쿠오카로 쓴 영농 일기

사람들은 왜 여행을 떠나는 걸까?

최고의 풍광을, 절정의 시점과 지점에서 촬영한 예술 같은 사진이나 영상들을 쉽고 편하게 즐길 수 있는데 굳이 많은 시간과 경비를 투자하여 생고생을 마다치 않고 그곳에 가려 하는 데는 분명 이유가 있으리라.

한 방향으로만 관점이 멈춰버린 멋진 풍광보다는 사진틀에 들지 못한 곳이 유혹하는 호기심과 자신의 시선으로 여러 방향을 보고, 다양한 환경을 오감으로 느끼는 쾌감이 여행의 본질이 아닐까 한다.

그런 의미에서 이번 후쿠오카(북큐슈) 농업 연수 경북농업마이스터대학 국외 현장 교육(딸기 전공)은 숨은그림찾기 하는 마음으로 각오했다.

다양한 관점으로 세밀히 살펴보겠다고 무장을 해보지만, 숨은 그림의 이름도 익히지 못한 얄팍한 지식이 걱정됐다. "아는 만큼 볼 수 있다."라는 말이 있지만, 베테랑 급의 딸기 농군이 나의 동행인이고 동문이니 조금은 안심이 된다.

01 | NARO 농연기구

한 스승의 가르침에도 제자들의 수학 능력은 각양각색이고, 학생들의 성적 역시 꾸준하게 성장만은 하지 않는 것 같다.

특히, 농사 기술은 폭우나 가뭄, 기온 등 기후와 환경의 변수가 많아 꾸준하게 우수한 농산물을 생산하기는 매우 어렵다.

그래서 시작한 고설 수경 딸기 재배 공부가 해를 거듭할수록 어렵기만 하다.

교수님은 실험은 학교에서 할 테니 농가에서는 가르쳐 준대로, 배운대로 실행해서 맛있고 품질 좋은 딸기로 풍년 농사하라고 하지만 세상사 뜻대로 맘대로 이루어지는 것이 뭐가 있던가? 변명과 핑계를 위안으로 삼고 회피한다고 질타하겠으나 하나의 사물을 두고도 긍정과 부정으로 극적인 대결, 시각의 방향에 따른 다양한 모습, 주위 환경, 조화 등 다양한 견해로 평가 또한 다양한 것처럼, 농장의 환경 또한 베드의 길이, 하우스의 형태, 방향, 주변 환경 등 각양각색인데 표준화되고 획일화된 재배 방법을 적용하기에 다소 무리가 없지 않다.

그래서 기본에 충실하되, 응용하고 융합하는 독창적으로 내 농장에 적합한 딸기 육묘법, 재배 방법을 찾아야 하는 것이다.

화분화 촉진을 위한 야외 냉장 장치와 섭씨 52도 고온에서 5분간 증열 처리로 병해충을 방제하는 방법은 우리의 기술로도 설비가 가능할 것 같았다. 딸기 케이스 상하 내벽에 에어백처럼 공기층을 만든 운송용 포장 팩 등은 별 무리 없이 농가에 접목할 수 있는 기술로 생각된다. 구루메농업연구소는 최첨단 온실과 재배조, 빗물 활용 장치 및 라디에이터식 벽면 종이 냉각 장치 등 첨단 설비와 장치들로 구성되어 딸기 씨앗 파종 정식, 파이프를 통한 냉온수로 관부의 적정 온도 유지 장치 부직포를 이용한 원활한 급수 방법 개선 등 많은 연구와 실험이 이루어지고 있었다.

기간: 2017.08.20.~2017.08.23. (3박 4일)
콘셉트: 농업 연수

02 | 자연 억제 딸기 육묘법

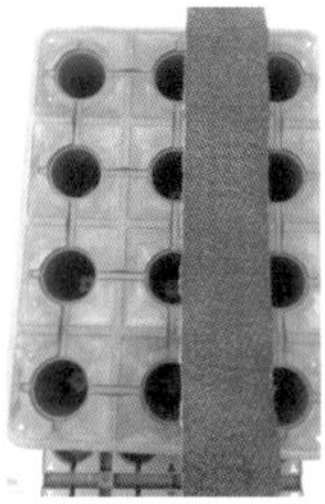

모두 탄탄한 육묘에 감탄사만 연신 쏟아놓고 있었다.

그도 그럴 것이 짱짱한 딸기 묘가 시원시원한 간격(12x12)으로 건강미를 자랑하고 있으니 솔직히 마음 한구석에서는 훔쳐가고 싶은 충동이 절로 일어나고 있었다. 농장주는 내년에 쓸 모주를 6월부터 분양받아 기르고 있다는데, 튼튼한 사묘를 확보하기 위해서 오랜 기간 세심한 관리로 육묘하는 그의 노고에 박수와 격려를, 아낌없는 찬사를 보냈다.

구루메농업연구소의 첨단 시설과 장비에 비하면 일본 현지의 농가 시설은 열악하기 그지없다. 우리 같으면 고철상에 벌써 보냈을 벌겋게 녹은 파이프 하우스는 30~40년 이상 족히 사용한 것으로 보였다. 이들의 농가를 보고 나는 우리나라 농가들의 시설과 설비가 더 현대화되어 있고, 우리나라보다 더 늦게 하우스 농사를 시작한 중국이 더 첨단화된 온실을 가지고 있다는 사실을 확인하는 순간이기도 했다. 5명의 가족노동으로 번 평당 15만 원 수입은 일본 GDP에 못 미치는 수입인데도 그들은 만족하고 있는데, 우리는 밀식재배로 편리하고 간편한 작업과 노동으로 우수한 종묘를 많이 얻겠다는 욕심을 내려놓아야 할 것 같다.

일본 농가의 딸기 육묘와 내 농장의 딸기 육묘를 비교하기보다는 내 농장의 라인별 모종의 폐사율, 도장의 정도를 비교·분석함으로써 일본의 딸기 육묘 비결을 찾을 수 있을 것 같았다. 나의 딸기 육묘장은 북동, 남서 방향의 3연동 비닐하우스다 보니 그늘이 오래 머무는 라인과 비교적 그늘이 적은 라인, 개별 포트로 육묘 간격을 10cm와 15cm로, 분리 독립한 시기를 20일과 12일 등 그러한 조건에서 비교·분석하니 튼튼하고 짱짱한 딸기 육묘를 길러낸 일본의 딸기 육묘 비결은 열악한 환경을 활용한 자연 억제 재배법인 것으로 추정되었다. 즉 통풍 잘되는 시원시원한 간격으로 관부의 습이 과하지 않게 하고, 개별 포트를 좁고 길게 만들어 상토량을 줄여 여름철 더운 공중에 노출시켜 뿌리의 발육을 억제함으로 도장을 억제하는 자연 억제 육묘법을 적립한 것으로 사료된다.

내년부터는 나도 우리 농장의 환경에 맞는 자연 억제 육묘법을 개발하고 실천하는 육묘장을 꾸며갈 수 있을 것 같다.

03 | 6차 산업에 답이 있다?

대관봉에서 바라본 야마가는 두 번의 화산 대폭발로 만들어낸 자연의 걸작품, 한 편의 파노라마다.

멀리 아소산을 안고 푸른 초원으로 벽을 쌓고 내려앉은 분지에 가을이 익어가는 넓은 평야 군데군데 마을의 평화로운 모습을 그려놓았다.

스쳐 가는 한 줄기 바람은 상큼한 행복을 뿌려주었다.

무슨 말로 표현하랴?

부족한 언어에 그저 "아! 좋다!"만 연발할 뿐이다.

흘러내리고 무너지는 화산재로 만들어진 산에 일본의 4대 수목인 삼나무, 편백나무, 녹나무, 대나무 등의 수종을 수십 년 적응 훈련을 시켜 차근차근 미래의 재앙을 대비하는 치밀한 일본이기에 관광객에게 감동을 줄 수 있지 않나 하는 생각이다.

단어 하나, 언어 한마디도 때로는 관점에 따라 말한 사람의 의도나 뜻과는 다르게 해석되고 또 다른 오해로 엇나가기도 한다.

그래서 요즘 대세인 6차 산업이 우리나라 농업 농촌의 정답일까? 의견을 제시하기에 조심스럽기 그지없다.

가이드 신상과 작은 논쟁이 발생한 것도, 나는 일본 농업은 JA(우리의 농협과 비슷한 기관)를 통한 계획 농업이 바탕을 이루고 있다는 것을 말하려 했는데 나의 의도와는 다르게 신상은 일본은 국가나 지자체는 농업인에게 재정 지원을 전혀 하지 않는다는 점에 방점을 둔 나머지 정부의 지원 정책 토론회가 될 뻔했다. 6차 산업의 실행 목적은 농가 소득 향상에 있으므로 정부 지원의 유혹에 현혹되지 말고 '농가 자신의 능력에 맞는지, 각종 법률에 저촉되는 점은 없는지' 매우 신중할 필요가 있다는 것이 나의 의견인데, 본질을 벗어난 다른 논쟁이 될까 두렵기 때문이다.

대관봉이 안개를 베일 삼아 신비롭고 화려한 유혹의 자태를 자랑하며 아마가의 아침을 열 수 있었던 것은 적당한 이격 거리를 가졌기 때문이리라. 후쿠오카의 쇼핑몰 지역과 하카타역의 대형 쇼핑센터, 미즈노에끼, 면세점 등에서 만난 각양각색의 무수한 딸기 가공품(잼, 쿠키, 과자, 주스, 엑기스 등), 섬세한 포장법, 고급스러운 디자인의 겉모습에 현혹되지 말고 일본의 정서를 먼저 읽어야 6차 산업의 진실을 배울 수 있을 것으로 사료된다.

매슬로의 욕구 5단계를 빌리지 않더라도 GDP 3만 불도 안 되는 우리 국민의 정서는 균일화와 획일화에 익숙하다.

그래서 아직은 대기업 주도의 경제활동이 형성되고 있음을 가만하지 않을 수 없으며 독일처럼 이동식 식품 가공도 불가능하고 세계에서 가장 높은 수준의 위생법이 높은 장벽을 치고 있는 현실이다.

무리한 모험보다는 자연환경을 활용한 긴린코 호수, 여성의 감성을 유혹하는 민예 거리, 직거래 매장 미즈노에끼, 쇼맨십을 발휘하는 지옥 온천의 관광에서 자신의 여건에 맞는 관광 농업, 체험 농업의 실마리를 찾을 수 있지 않을까?

농업은 모든 산업의 종합 선물 세트인 기관 사업이며, 종합예술임을 다시 한 번 더 실감합니다.

관광 체험 농장을 위하여 요즘 대세인 요리사, 바리스타, 베이커리 공부를 시작해야 할 것 같은데 시간이 너무 없다.

ㅋ

위대한 부흥

연수 기간: 2015년 9월 6일~11일

금번 신지식 농업인회 중국 농업 유통 수출 분야 연수는 빛바랜 족보 속으로 원시조의 잃어버린 흔적의 부름인지도 모르겠다. 지금의 섬서성에서 삼천 년 전 원시조이었을지도 모르는 기자(기자조선)의 흔적은 『환단고기』의 역사와 함께 수많은 피라미드 속에 잠들어 있을지도 모르겠다.

그 옛날 그렇게 두고 온 섬서성은 황제들의 온천 휴양지, 화청지, 죽은 진시황을 지키는 병마용갱 그리고 아직 세상에 공개되지 않은 진시황릉, 불타버린 아방궁 등 유용한 관광자원으로 수십 년을 이어갈 것이란다.

서안 농산품 유통협회 유 사장과 서안시 농산 유통사무국 과장으로부터 서안의 농업과 유통 현황을 전해 듣고 위대한 부흥을 꿈꾸는 중국의 용심을 읽을 수 있었다. 하루가 다르게 빌딩 숲이 생겨나는 시진핑의 고향 서안, 화훼 분야를 선도하는 지능형 온실을 겸비한 서안 꽃 포트 유한회사를 견학하기 전에 온실을 개조하여 공연과 연회석이 겸비된 온실 식당에서 전통 중국요리로 식사 시간을 가져보았다.

최첨단 온실에 웅장한 과시를 앞세우고 생태농업 및 녹색 에너지가 기술을 효율적으로 결합하여 지원하는 미래 농업 개발 박물관, 도시농업과 농촌 개발 및 관광 농업 활성화를 위한 서안 양동 현대 도시농업 시범원, 농업을 활용한 저탄소 생태농업과 녹색 공간의 미래를 창조하여 건강한 도시 생활을 즐길 수 있도록 조성된 도시농업 박물관, 순수한 서안 시민들의 자원봉사로 복원된 전체 길이 13.7km, 높이 12m, 그리고 성문이 12개의 등용문이 있는 장안성의 야경은 종루와 고루에 불을 밝히니 불빛의 향연, 불야성의 절정이다. 고루문 아래로부터 북원문에 이르는 회족 음식 거리에는 넘쳐나는 인파에 떠밀려서 다닐 수 없고, 고루 뒤쪽으로는 공예품 골목길이 이어져 있었다.

우리가 온돌 문화를 가지고 동방의 금수강산 찾아 떠나온 척박한 땅에서 그들은 옥수수를 玉米로 삼고 밀가루 문화로 세계 3위의 광대한 국토를 보유하였을 뿐만 아니라 세계 최대의 인적자원으로 중국은 당조 시기 실크로드 문화로 국제성대 시장이었던 그 자리에 당 문화와 실크로드를 재건하고 대당서시를 여는 국제 여행 상업 문화 프로젝트로 세계 최강의 국가 위대한 부흥을 꿈꾸고 있었다.

이미 농산물 수입 국가로 돌아선 중국의 중원, 서북 3성의 시장 정보와 현지 진출 기업의 경영 안정화 지원 및 서안 수출 인큐베이터를 운영하고 있는 서안 한국 중소기업 지원센터가 있어 든든함이 살아났다.

하지만 실크로드의 시발지 대당서시의 허접한 한국관을 보니 불현듯 TV에 출연한 중국 전문가가 들려준 중국인을 표현한 진시황릉 인근 농가의 개장수 일화가 생각났다.

어느 날 욕심 많은 외국인 고고학자가 진시황릉 인근 농가를 지나가다가 대문 앞에 매여진 누렁이의 밥그릇이 국보급 보물인 것을 알게 되었다. 욕심이 발동한 고고학자는 보물인지도 모르고 개밥그릇으로 사

용하고 있다고 짐작하고, 허름한 차림의 개 주인에게 개 값으로 아주 후하게 5배나 더 주고 개를 살 수 있었다. 그리고는 누렁이와 함께 개밥그릇을 가져가려 하자 중국인 농부가 개밥그릇을 빼앗아가며 하는 말, "나는 누렁이를 팔았지, 개밥그릇은 팔지 않았소." 그러자 그 고고학자는 "내가 개 값을 그렇게 후하게 주었는데, 그깟 개밥그릇 주어도 되지 않소?" 그 말에 중국인 농부는 어이없다는 실소와 함께 하는 말은 "내가 이 개밥그릇으로 판 개가 몇 마린데 그냥 주겠소?" 겉모습으로 판단하고, 선입견으로 접근하는 우리와는 다르게 중국인의 속내에 關係로 숨겨둔 수완이 놀랍지 아니한가?

가랑비 사이로 시속 400km의 고속 전철로 야간에 1시간 40분을 달려온 낙양성은 파룬궁과 태극권 등의 기체조로 운동하는 시민들로 아침을 깨우고 있었다. 두강주류홀딩스는 중국 고량주의 발상지 두강 마을에서 전통문화와 3,000년 고량주의 역사를 스토리텔링하고, 지하 저장고와 박물관을 조성하여 전통주 와이너리투어를 진행했다. 숭산 산중의 소실산 북쪽 오류봉 아래 소림사는 당 태종 이세민의 천하 통일을 도와준 소림권의 유명한 사찰인데, 80년대 무술 영화로 히트 치면서 유명 관광지로, 국가가 리메이크한 명소로 살아났다.

우리네 삶을 금융거래로 표현한다면

'과거는 신용 대출, 현재는 현찰 거래, 미래는 약속어음'이라고 한다. 중국은 고전의 역사와 유물로 넉넉하게 신용 대출받고, 풍부한 인적·

물적 자원으로 뿌릴 현찰도 많은데, 숨기고 있는 시커먼 그들의 속내를 짐작하기 어렵다. 수출 전문가 남길우 의원의 관계 마케팅 논리로 맺은 조경규 사무관의 농수식품 제품 개발, 물류비, 보험 통관 등 정보와 지원책 안테나 사업도 큰 수확이었지만, 하남 IMC 국제 농업 물류 유한공사는 농림부가 지정한 국가 주요 농업 산업화를 선도하는 국제 농업 물류 도시 역할로 농산물 무역, 물류, 창고 보관 및 농수산 거래 제어 센터, 하남 보세 물류 센터는 중국 정부가 추진하는 e무역, 전자상거래 플랫폼으로 온라인 판매는 사이트 중대문을 통하여 판매되고 있었다. 진품명품 한국관이 있는 청주 보세 물류 센터는 1,000위안 미만은 관세와 중치세가 면세되고, 50위안 미만은 행우세 면세 혜택이 있어 통관 및 검역의 간소화로 수출 확대가 기대되고 있다. 데니스백화점은 연 매출 3조 원 규모의 유통전문그룹으로 하남성 최대의 소매 유통그룹이었다. 데니스백화점 내의 한국관에는 화장품, 의류, 식료품류가 높은 인기를 산다는 장 사장님의 설명에 미래 농식품 수출의 약속어음은 비장함으로 살아났다.

잃어버리고 왜곡된 기억의 우리 역사는 물에서 건져놓은 붕어처럼 소리 없는 입만 뻐끔거리고 있는데, 오천 년 전 위대한 통치자가 떠난 자리를 이민족의 역사까지 흡수하며, 수천 년을 지켜온 중국은 풍부한 인적 물적 자원을 앞세우고 블랙홀이 되어 위대한 부흥을 국가적인 구호로 이루어가고 있었다.

진로가 막히면 중앙선을 넘나드는 역주행과 불법 유턴을 일삼고, 혼잡한 도로에선 신호와 차선을 무시한 끼어들기는 기본이고, 아예 복잡한 도로 중앙에 주정차를 하고 용무를 보고 와서도 당당한 모습으로 다시 운전하는 중국이다. 이런 무질서 속에서도 그들만의 법칙이 있는 듯 접촉사고 없고 멱살잡이 없으니 만만디의 중국 정서로 이해하기는 많이 부족하다. 일괄타결을 좋아하는 성급한 우리의 협상 기술로는 성공하기 어렵고, 남 의원님이 말하는 관시(關係) 마케팅으로 위대한 부흥을 꿈꾸는 중국 시장을 열어가야 할 것 같다.

4

그린피아를 찾아서

연수기간: 2014년 10월 1일~8일

시간으로 들어가 시곗바늘을 거꾸로 돌려서 농업 농촌의 그린피아를 찾아 나섰다. 아메리칸 드림을 꿈꾸며 불나방처럼 뛰어들어 아픈 이민사를 써내려갔던 그곳에서 그들만의 파머스 마켓, CSA, 유기농 홀푸드 마켓 6차 산업화의 관광 농업을 배우려 나선 것이다.

미국 사회의 농부는 평균 경작면적이 160ha로 상위 그룹이라는데, 샌프란시스코는 대지진 이후 숲이 없는 산과 서로 의지하듯이 어깨를 마주한 집들이 나직하니 이국적이기에 충분했다. 그러나 퍼스픽코스트 파머스 마켓이나 규모가 큰 캘리포니아 파머스 마켓 모두가 공연과 제한된 영업 등은 우리의 전통 오일장과 너무도 많이 닮아있었다. 그렇다면 우리 정서에 부합하는 농산물 직거래의 정석은 우리의 전통시장에서 찾을 수 있지 않을까?

장거리 이동과 규모의 풍요로 대식하는 그들의 식문화를 이해할 수 있는 만큼 파머스 마켓의 운영과 현상을 알 것 같았다. 윈윈전략으로 대형 몰 주차장을 할애하고, 주민들은 파머스 마켓이 열리는 날을 기다리는 그들만의 정서가 익숙해 있는 것 같았다. CFMA 소속 파머스 마켓이 캘리포니아 전역에 12,053개로, 참여 농가는 1일 부스 임대료 40달러를 내고 캘리포니아 주 정부의 인정을 받아 정해진 요일에 09시부터 13시까지 판매를 하고 있다고 파머스 마켓 협의회 직원은 말했다.

유기농 전문 매장 TRADER JOES 마켓에 산더미같이 진열된 엄청난 유기농산물과 유기가공품에 놀라지 않을 수 없었다. 가뭄에 콩 나는 듯한 매장 내 고객인데, 손님을 가장한 자유 견학인지라 단지 추측과 짐작만으로 한계를 느끼는 견학이 되었다. 매장 관리자의 안내 없는 자유 견학은 미국민의 정서와 식생활 문화를 모르고는 당일 판매 후 재고로 남는 유기농상품은 어떻게 처리되는지 궁금증으로 남겨두어야 했었다.

캘리포니아 댈리시티 파머스 마켓은 21년의 역사를 가졌으며, 참여 농가 75호, 1주당 고객 100만 명, 판매 부스당 일 평균 매출액 300만 원으로 성공할 수 있었던 요인은 첫째, 파머스 마켓 운영을 주 정부 시책 운동으로 주 정부가 파머스 마켓 법령을 제정하고, 참여 농가는 1년 단위로 평가 후 계약 연장을 결정한다. 둘째, 25%의 광고비 지원과 동시에 일간지 사이에 홍보 전단지를 끼워 배포한다. 셋째, 농산물 조리 이벤트 등 고객 추천에 따른 이벤트를 선정하고, 아동을 통해 가정에 홍보한다. 넷째, 참여 농가 매출 향상을 위하여 매뉴얼 공급 및 지속적인 관리를 하고 있다는 것이라고 했다.

특히 파머스 마켓 파장 후 잔여 농산물은 극빈층에 기부하는 문화와 장거리의 일상생활로 1주일 치 장보기가 생활화되어있고, 농부를 배려하고 약간의 불편함을 감내하는 미국민의 정서가 더해진 것이 아닐까?

CCOF는 유기농 인증 기관으로 홍보 및 교육, 유통 등의 역할을 담당한다. 유기농 인증 절차는 우리와 유사하였는데, 인증 비용이 5,000만 원부터 40만 원까지 차등 적용하며, 유기농 인증 비용 중 최대 75%까지 정부가 지원하는 것이 특이했다.

살리나스 지역을 상추 명산지로 만들고 대를 이은 농부 데이비드 빈은 유기농과 일반 관습농을 함께하고 있는데, 유기농만 100ha로 체험 관광농원과 농산물 판매장 면적이 3.5ha 정도라고 했다. 20년 전 지역주민들의 요청으로 신선한 채소를 생산·공급하면서 지금의 살리나스가 미국 상추의 명산지가 되었다고 했다. 올해는 130년 만의 가뭄으로 1ha당 200만 원~400만 원까지 손실이 예상된다고 했다. 브로콜리 8kg, 1상자에 판매가가 25달러인데 재료비가 12~15달러, 그리고 농장 인부의 인건비는 시간당 10달러로 일반 산업체 12~13달러보다는 다소 싼 임금이지만 일손(노동력) 확보에 애로도 있단다.

차창의 풍경은 마치 우리의 겨울 산처럼 10월 초순의 캘리포니아 산은 갈색의 들과 키 작은 잡목이 있다. 대머리에 남은 머리카락 같은 민

둥산 아래에는 초록의 채소 평야가 한동안 이어지더니 포도밭이 야산을 따라 구렁까지 늘려있고, 갈색의 언덕과 초원이 만난 목장은 한 폭의 수채화를 그려놓고 있었다. 미국은 관로 시설과 관정으로 가뭄을 극복한 선진 농업국이 되었다. 이제 그들이 토양에 비닐 멀칭을 하고 비닐온실에서 농사를 시작했다. 품질과 증산, 두 마리 토끼를 다 잡았는지는 알 수 없지만, 우리나라 농업인들이 긴장하지 않을 수 있겠는가?

두고 온 고향이 그리워 햇살들에 솔뱅마을을 세우고, 향수를 달래며 안델샌의 인어공주 이야기로 공연과 축제를 펼치고 휴일을 즐기는 마을 소공원에서 불청객으로 스며 들어가 다크호프의 여유로 웃음이 흐르고 있었다. 사바나 기후인 캘리포니아는 12월부터 이듬해 2월까지가 우기다. 그리고 35℃가 넘는 살갗을 찌르는 듯한 따가운 날씨도 습도가 낮아 그늘에만 들어서면 바로 서늘한 한기를 느낄 수 있는 기후인 사바나기후는 잡초 관리와 한겨울 최저기온이 영상 2℃이상으로 농작물 재배에 유리한 조건이 되었으며, 관광 농업과 CSA를 병행 운영하는 언더우더 팜은 회원들에게 농장에서 생산한 제철 채소로 구성한 大, 小 두 종류의 포장 박스 중 하나를 선택하며 오직 온라인 접속을 통해서만 주문이 이루어진다고 했다.

캘리포니아 부촌 산타바바라 해변의 산타 모니카 파머스 마켓 일요 시장도, 유기농 전문 매장 홀푸드 마켓도, 여러 곳에서 만난 중고품과 골동품 그리고 생필품을 판매하던 시민 장터 등은 미국민의 정서와 식생활 그리고 그들의 생활환경을 먼저 이해하고 보아야 파머스 마켓의 시장과 상권을 제대로 볼 수 있는 해안과 벤치마킹할 수 있는 지혜를 얻을 것으로 믿는다. 비만과 전쟁을 선포한 미국답게 대학 산학 협동 기관인 UEPI는 산타 모니카 시티의 '팜 투 스쿨' 프로그램을 진행하는데, 방과 후에 학생들에게 농업 생태 교육, 로컬 푸드, 정원 관리, 음식과 민속 축제를 연관한 요리 강습, 그리고 비만과 질병의 억제를 위한 식생활 교육, 건강한 식탁 교육을 하는 곳이었다.

미국의 파머스 마켓과 CSA, 그리고 유기농 전문 매장 등의 직거래 시장의 성공 요인을 익히고, 우리나라 국민성과 정서에 알맞은 직거래 시장의 필수 구성 요소를 찾는 지혜와 역량 배양이 미주 연수의 목적일 것이다. 우리의 농산물 직거래 시장은 다양한 농산물을 공급할 수 있는 생산조직 농가의 구성이 먼저라는 사실을 망각한 채, 판매 시설과 유통 채널 구축에 우선하는 성급한 성과물을 기대하고 있는 것이 아닌지 모르겠다.

아직도 절박함이 부족한 대도시 근교농업의 지역 주민들은 마음과 행동이 바람개비보다 가볍다. 그래서 밀일 사람보다 미친 리더가 더 필요한지도 모르겠다. 친환경 농업 불모지에 친환경 농업 지구 조성과 체험 관광농업을 가꾼 지 10년 차가 되었다. 영화 『설국열차』의 이야기처럼 최악의 바닥에서 1995년 9,600만 원의 대출금 이자 25%, 빚으로 귀농하여 대구광역시 친환경 인증 1호 농장, 농림수산식품부 신지식 농업인으로 짧은 희열을 맛보았다. 그런데 『설국열차』의 마지막 장면처럼 최고의 권좌도 안락의 굴레까지 파괴하고, 어린 생명을 선택하여 봄을 기다리는 새 세상을 열어준 것처럼 나 역시 나만의 유기농 그린피아의 안주를 부숴버려야 우리 농업의 해안을 얻을 수 있다는 것인가? 또 다른 고민과 숙제들이 LA 해변의 거센 파도가 되어 밀려오고 있었다.

PS: 미주 연수를 마치고 돌아오는 비행기에서 본 영화 『청춘사진관』을 찾아서 나도 사진을 찍고 20대로 돌아갔으면 하는 생뚱맞은 생각을 하고 있을 때, 헤드폰에서는 최진희의 노래 「사랑의 미로」가 끝나고 「카페에서」라는 노래가 이어지고 있었다.

5

동행

덴마크와 독일 농업 연수기

연수 기간: 2012년 8월 30일~9월 6일

긴급한 전화벨이 울렸다. 여유만만한 지각생으로 타이완 앞바다에서 길을 잃고 배회하던 태풍 덴빈이 갑자기 속도를 내어 달려왔다. 마치 우리들의 발목을 잡으려는 듯했다.

"혹여 비행기가 뜨지 못하면 기차로 갈아타고 인천공항으로 가야 합니다. 대구에서 출발 시각을 30분 당겨주세요."

제주 앞바다에 접근하고 있다는 태풍 소식에 불안한 마음은 농장 비설거지에 허둥거렸다. 이번 연수를 내가 기획하고 준비하지 않았었다면 포기하고 말았을 것이다. 아내와 함께하는 여행이라 더욱 그런 것 같았다.

빗줄기가 점점 더 굵어지고 있었다. 바람 소리마저 나뭇가지를 잡고 애잔한 울음을 쏟아내고 있다. 가지 말라고 매달리는 비닐하우스를 돌려세우고 무거운 발걸음을 시간에 떼밀려 요행을 남겨두고 대구광역시 농업기술센터에서 동료들과 합류를 했다.

프렌즈 투어 최준혁 사장은 김해공항 날씨 체크에 부산을 떨었다. 동료들은 새벽잠을 설치고 가불한 농사일로 자랑을 늘어놓아 왁자지껄이었다.

나는 아침밥으로 건네받은 김밥을 꾸역꾸역 밀어넣으며 우울한 마음을 달래고 있었다. 볼라벤 태풍으로 상처를 입은 농업인만큼이나 내 가슴에도 비수가 꽂혔었다. 며칠째 잠을 뒤척이며 내린 결론이건만 많이 아프고 괴로웠다. 갇혀버린 공간에서 13시간의 구속으로 허리가 뒤틀리는 고통보다도 세 치 혀에 목이 잘려나간 나의 신뢰가 너무 서글펐던 것이다.

매슬로의 인간 욕구 5단계가 아니어도 누구를 탓하기 전에 내가 쌓으려 했던 명성과 명분을 이제 내려놓아야 하겠다. 대구 농업인을 위한 봉사와 애정이란 마음의 위안마저 버려야 할 때가 된 것 같다. 무지한 몸으로 때로는 무모하게 도전하면서 미치광이가 되어 일밖에 모르는 나에게 그들은 내가 물러날 때와 기회를 만들어주었다.

시간을 가불하여 서른 하고도 한 시간을 더 늘려놓은 나의 생일은 아주 긴 하루를 만들어놓았다. 그렇게 시공을 옮겨온 기나긴 여독에 모두 지친 몸으로 맞은 6박 8일의 첫 간담회는 달가워하지 않았지만, 강행했다.

자신만의 모습으로 입담에 자라서 소주잔은 현란한 밤을 띄우고, 어둠으로 북을 주며 마음을 나누었다. 구지의 김 회장은 규모보다는 실속 있는 농업을 강조하고, 쌓아온 노하우는 평당 이십 만원의 소출로 후광을 받혔다. 전문 농업 경영인답게 툭툭 던지는 사투리에는 수십 년 녹아든 농심이 우러나고 있었다. 미지를 향한 설렘을 껴안고 피곤함을 달래며 꿈으로 빨려들어 갔다.

부산한 소리에 눈을 떴다. 시계는 아직도 새벽 5시를 가리키고 있었다.

뒤척이는 몸짓만큼이나 갈등해보지만, 결국 미련을 버리고 일어났다. 주섬주섬 옷을 챙겨 입고 나서 창문을 열었다. 상큼한 이국의 정취에 이끌려 산책을 나섰다.

주변이 아파트촌이었다. 그런데 가끔 한두 사람만 오갈 뿐 조용한 동네였다. 덴마크 역시 사람이 사는 곳인가보다. 이곳 또한 코펜하겐을 깨우고 아침을 여는 곳은 슈퍼마켓(NETTO)이었다. 상품의 가격 표시는 모두 덴마크 크로네(Dkr)로 되어있어 우리나라 물가와의 비교가 쉽지 않았다.

면도기와 물 한 병을 들고 유로화를 내밀었더니 유로화는 받지 않는단다. 갑자기 입이 얼어붙고 단어가 생각이 나질 않아 벙어리가 되었다. 점원은 난감해하는 우리 부부의 표정을 보고 잠시 머뭇거리더니 외국인이라서 특별히 봐준다며 잔돈을 크로네로 거슬러주었다. 덴마크는 유로존이 아니란 사실을 몰랐던 내 불찰이었다.

호텔을 나와 시가지를 가로질러 남쪽으로 향했다. 전주 없는 가로등과 선생님이 선봉장처럼 앞장선 학생들의 등교 행렬이 이색적이었다. 초등학교까지는 사회 적응 훈련과 자연 학습 교육으로 이루어지고 있다고 했다.

유기농 돼지 농가(Hojagergaard)로 가는 길이 시골로 접어들자 가이드 손 선생은 연신 "와우!"라고 외쳐댔다. 하늘과 땅이 맞닿은 지평선이 한없는 초원과 빨간 지붕이 뾰족한 이방의 나라에서 금방이라도 동화책이 튀어나올 것 같아 우리는 숨마저 죽이고 있는데….

여태껏 덴마크에 살면서도 시골 풍경은 처음 본다는 손 선생은 자전거가 대중교통수단이고 빈부 격차가 없는 평준화된 삶(국민소득 6만 불)과 그린 에너지 풍차, 굴뚝 없는 지식산업, 다이옥신 발생이 전혀 없는 쓰레기 소각 기술, 그리고 요람에서 무덤까지 완벽한 사회보장제도(소득세를 30%~60%까지 차등 부과로 재원 마련) 등 덴마크 자랑을 실 뽑는 누에처럼 하염없이 자아내고 있었다. 싱글 맘의 사회현상을 설명할 때에는 우리나라를 비아냥대는 것 같아 마음이 언짢았다.

호자게르가아 농장주의 이름은 연이었다. 그는 1999년에 유기농업을 시작하였으며, 축산물과 햄, 소시지를 판매하는 마켓과 돼지 60두, 7ha의 밀과 옥수수, 보리를 재배하는 소농의 54세 홀아비였다.

일반 돼지보다 5배 높은 매출을 올리는 유기농 돼지는 어린 돼지를 어미와 함께 충분히 방목하여 사육한 탓에 질병도 없다. 사료는 직접 재배한 밀과 보리 그리고 콩을 배합한 사료를 먹인다. 항생제 주사는 질병 발생 시 2회까지는 법적으로 허용된다. 유기농 돼지의 사육 기간은 일반돼지보다 3배 정도 길다는 이야기였다.

다른 사람의 삶과 비교하지도 않고, 돈을 모을 필요가 없어 오직 바캉스와 여행을 위하여 사는 것이 그들만의 문화라고 했다. 자아 현실에 도달한 고등 국가 국민 생활상이 이런 것이란 말인가? 인생 참 단조롭고 허무하겠다. 덴마크 사람들은 참 심심(무료)하겠다. 그래서 유럽은 철학이 발달하고 우울증 환자가 많은 것일까? 늘 긴장하고 복닥거리는 생활의 연속으로 우여곡절의 파고를 타는 우리 인생은 스릴과 재미는 있지만, 많이 피곤한 삶이기도 하질 않는가?

이는 옳고 그름의 문제가 아니라 사고와 문화가 다르기 때문이라고 이해할 수밖에 없었다. 이런저런 생각에 묻혀서 많은 망상에 엉켜버린 마음을 가두고, 실 말미를 찾지 못하고 헤매고 있었다. 그때 이구동성의 합창이 터졌다.

"저게 뭐야? 野(가설) 시장 같은데?"

"무슨 축제 같기도 하고…. 기사님께 물어보죠?"

"겨울이 오기 전에 3주 정도 여는 지역 축제와 같은 야시장인데, 이번 주말에 폐장한답니다."

"차를 돌릴 수 없나요? 구경하고 갑시다."

"그들의 문화를 알려면 저런 곳을 보아야 하는데…."

"다음 관광에 차질이 생기는데 감수하겠습니까?"

"기사님께 양해를 구해보죠. 약속된 일정 외에는 융통성이 없는 사람들이라서 기대는 하지 마세요."

그렇게 얻은 기회로 64유로(15명)의 입장료를 내고 가설 시장으로 들어갈 수 있었다. 시설은 모두 넓은 초원 위에 설치되어 있었으며, 캠핑카처럼 이동이 가능한 차량을 개조한 부스였다. 어린이 놀이 시설이 중앙과 양쪽 가장자리에 있고, 대부분 옷을 파는 부스들이었다. 여름옷에서부터 한겨울 밍크코트까지 판매되고 있었는데, 가격이 만만찮았다. 군데군데 생활 잡화점, 골동품점, 소시지와 햄을 파는 곳이 있기는 했지만 우리네 전통 시장처럼 북적거리는 먹자골목은 없었다. 손 선생이 맛있다고 자랑한 자두는 맛이 없었고, 가게 주인이 자랑하는 돼지껍질 튀김은 돼지똥 냄새가 나서 동료들은 캑캑거리며 뱉어버렸다.

비싼 입장료만큼의 값어치를 했는지 의문을 두고 200년 동안 7명의 국왕 대관식을 올렸다는 프레드릭스버그 성에 도착했다. 햄릿의 무대가 되었다는 크론보르 성, 건축왕 크리스티안 4세가 지은 로젠버그 성, 안데르센 동화의 인어공주상 등 모두가 중세 이후의 문화유산이건만 관광객으로 넘쳐나고 있었다. 문화유산을 관광 명소로 만들어놓은 것에 부러움을 느꼈다. 오천 년의 유구한 역사를 가진 우리의 반성과 자각이 필요한 부분이질 않는가?

차량을 개조한 서랍형 이동식 부스를 기억해두어야겠다. 그린벨트에서 그린 투어와 접목하면 아주 유용한 방안이 될 것 같았다. 덴마크 학생들의 부추김에 맥주 한 병을 단번에 마시고 머리 위로 털어 보이던 양회장의 호기와 니하운 항구의 카페 거리에서 노천 파티로, 그들 속을 들여다보고 싶어서 지하철 체험을 했다. 잘못 찾은 지하철 출구로 동네 한 바퀴 저녁 산책을 했지만 고정된 일정표에 따라 움직이는 연수보다 자유 투어를 선택하였기에 野 시장을 엿볼 수 있었으며, 융통성 있는 기사를 만나는 행운까지 따랐기에 즐겁게 하루를 마칠 수 있었다.

덴마크의 축산 정책(덴마크에서 48시간 이상 생활하지 않은 자에게는 축산 농가 방문을 허용하지 않는다.)에 따라 종돈 생산 농가 방문을 포기할 수밖에 없었다. 그리고 연수 동료 대부분이 채소 농가였기에 축산 분야는 관심도가 떨어지는 분야이기도 했다.

200여 년 전 이곳을 점령한 네덜란드인이 경작지에 세운 관리사 같은 작은 집들이 있었는데, 덴마크 정부가 시민들에게 주말 정원으로 분양한 곳이어서 방문하기로 만장일치 동의를 했었다. 그곳이 200년 전통(1892년 개소)을 자랑하는 주말 정원 안노 베네리스트(VENNE-LYST)였다.

베네리스트는 주말농장의 개념이 아니라 말 그대로 주말 정원이었다. 도시민의 정서를 치유하고, 취미로 자연과 친숙해지는 휴식과 휴양의 개념인 것 같았다. 땅은 지방정부가 소유하고, 건축물은 개인에게 분양하여 증개축이 가능하다고 했다.

개인이 연립주택처럼 집단으로 건축하여 분양 사업을 하는 곳도 있다고 했다. 그런데 우리나라는 도시농업의 모델을 유럽에서 따오면서 휴식과 휴양의 개념을 배제한 주말농장으로, 농작물 재배 목적으로 변질된 것인가 보다.

우리가 방문한 주말 정원은 덴마크에서 가장 오래된 주말 정원이라고 했다. 그곳은 주말인데도 많은 집이 비어있었다. 대부분 정원들은 여러 종류의 꽃과 잔디로 화단을 만들어놓았다. 마당은 보도블록을 깔아놓았고, 그네, 탁자, 놀이 기구 등이 잘 정돈되어있었다.

주말 정원 입주자들이 자율적으로 커뮤니티를 형성하고 축제를 열기도 한다는 상설 무대도 있고, 입주자를 위한 가게도 운영되고 있었다. 그린벨트 내에서 도시근교농업을 하는 동료들은 많은 관심을 보였다. 야시장에서 본 이동식 가게와 주말 정원을 융합하면 새로운 사업 모델이 될 것 같은 느낌을 함께할 때 우리의 동질감이 더욱 진하게 전해왔다.

변경된 연수 일정에 동의하고, 주말 정원에 관심을 쏟아준 동료들이 고맙고 감사할 뿐이었다. 시청사에서 왼손에는 저울을 들고 오른손으로 칼을 빼든 여신상 앞 국회의사당 출입문 위에 새겨진, 고통스러운 이의 모습이 품고 있는 의미를 들으며 전 국회의원이 자전거로 출퇴근

한다는 말이 실감이 났다.

중세 덴마크 양식과 르네상스 양식의 건물인 시청사를 나와 신화의 여신을 모티브로 한 게피온 분수, 한때 선원들의 술집 거리였던 니하운 항구의 고풍스러운 건축물과 배들의 조화를 보며 덴마크와 이별 준비를 했다. 아마리엔보 궁 왕실 근위병과 기념사진을 추억으로 담고 함부르크행 기차에 몸을 실었다. 4시간 30분의 기차 여행은 내 인생의 잊을 수 없는 추억이 되었다. 우리나라 무궁화 열차 수준의 전동차로 8량의 열차였는데, 기차에서 먹는 점심과 차창으로 펼쳐지는 이국의 풍경이 감미로운 선율로 들려왔다. 코펜하겐에서 출발한 기차가 기장이 세 번이나 바뀌는 것도 신기한 일인데 8량의 기차가 여객선 속으로 빨려 들어 갔다.

그렇게 바다를 건너 함부르크에 도착했다. 독일 가이드는 박 선생이었다. 가던 날이 장날이라고 했던가? 알스터 인공 호수 주변에 빼곡히 줄지어 늘어선 부스에는 온갖 음식과 맥주를 팔고 작은 공연도 이루어진 것 같았다. 알스터 호수 축제라 했다. 걸어다닐 수 없이 몰려든 인파 속을 헤집고 우리도 축제의 인파 속으로 스며들어보았다. 사람 사는 냄새가 났다.

북위 60도에서 남쪽으로 종단하는 긴 여행이었다. 구릉으로 펼쳐진 들판에는 밀 수확이 마무리되고 있었고, 옥수수 수확도 한창이었다. 그런데 그 넓은 들에서 일하는 사람도 볼 수 없었다. 뾰족한 종탑이 마을마다 많기도 하건만 교회에는 한평생 네 번만 간다고 했다. 태어날 때, 세례받을 때, 결혼할 때, 죽어서 장례할 때라고 했다. 그만큼 자주

가지 않는다는 얘기일 것이다. 목사가 공무원이라니 그럴 법도 한 일이라고 생각했다.

함부르크 스파이셔 슈타트 세계 무역항을 지나는 것 같아서 질문하려고 했는데 가이드 박 선생은 실문할 틈을 주지 않고 국토 면적, 인구, 행정, 주요 관광지 등 통상적인 독일 알리기에 여념이 없었다. 그리고는 농업에 관련해서는 질문을 못 하게 했다. 선부른 지식을 전달해서는 안 되니 헤센주 농업기술센터에 질문하라고 했다. 미리 질문서를 작성해주면 빠짐없이 대답하겠다지만 여행사 최 사장과의 약속과는 크게 어긋난 것이라 의아하고 허탈했다.

이동 시간이 길어 가이드가 길을 안내하고 그 나라의 문화를 전달하는 시간이 대부분이 될 것이므로 그 나라의 농업 전반에 대하여 사전에 공부하고, 충분한 자료를 가지고 안내하고 설명하기로 사전 약속이 되어있었는데….

이렇게 배짱을 내민 것인가? 아니면 유럽식, 독일식 생활 사고인가? 독일식 생활 사고는 남의 눈치를 개의치 않고 상대에게 자기 중심으로 행동하며, 스스로 할 수 있는 만큼만 일한다고 했다. 즉 일을 많이 하려고 하지도 않고, 빨리하려고 서두르지도 않는다는 것이다. 서비스 정신이 제로인 상태로 배려하는 마음이 메마른, 인정머리 없는 사회란 것이다.

고장 난 CD로 하이델베르크가 배경이 된 『황태자의 첫사랑』이란 영화를 틀어주며 가이드는 지루한 시간을 메웠다. 고속도로 휴게소에서 70센트를 내고 화장실을 이용하는 특별한 체험과 그들의 휴게실 문화를 느껴보고 점심 식사를 위하여 라우터바흐 마을로 들어갔다.

독일의 주말농장으로 알려진 클라인 가르텐은 작은 정원이란 뜻으로 우리나라에 잘못 전달된 말이라 했다. 독일에는 방학 기간에 이루어지는 가족 단위의 농촌 체류형 체험 마을(Ferien hof)과 주말 정원(Schreber garten)이 있다. 독일 역시 주말농장의 개념이 아니라 주말정원의 개념으로, 휴식과 휴양의 작은 별장처럼 이용되고 있었다.

우리나라의 도시농업은 생활 농업과 공동 커뮤니티 주말농장으로 방향을 설정하고 있는데, 취미 생활을 지원하는 국가는 세계 어느 곳에도 없다는 사실을 각인하고, 오랜 역사를 가진 유럽 주말 정원의 운영방침을 참고해야 할 것이다.

라우터바흐는 농가들이 공동체를 이루어 에코 관광농원으로 성공한 독일의 대표적인 '페리엔호프'라 했다. 마을 카페에서 점심 식사와 반주로 독일 맥주로 목을 축이고 체험 농장을 살펴보았다.

카페에는 여러 사람이 점심 식사와 맥주잔을 담소와 함께 나누고 있고, 축사에는 외갓집에 놀러 온 아이처럼 6~7세 되어보이는 아동 2명이 소먹이 주기 체험을 하고 있었다. 소 모형을 만들어놓고 젖 짜는 체험을 할 수 있게 해놓은 것 외에는 별다른 시설이 없는, 전형적인 축산 농가뿐이었다.

마을 공동체 관련자나 마을 주민이라도 나와서 페리엔호프에 대하여 설명을 해주었으면 금상첨화였을 텐데, 아쉬움을 두고 돌아서야 했다.

일요일인 탓일까? 지나다니는 마을 주민이 하나 없는 고요한 마을이었다.

페리엔호프는 특별히 프로그램을 제작하고 비용을 추가하는 방식이 아니라 그냥 방학 동안 자연 속의 농촌 생활을 즐기는 휴양의 개념이란다.

하지만 학교와 관계를 맺고 자연 학습과 관계된 프로그램을 개발하고 체험비를 받아 농가 소득에 일조하는 경우도 있다고 했다. 나중에 헤센주 농업기술센터에서 확인한 사실이었다.

독일의 장미 40%를 생산한다는 바드 나우하임 '스테인푸르츠' 장미꽃 재배지에 도착하였을 때도 방문객 띄엄띄엄 다녀갈 뿐 농장주는 보이질 않았다.

1868년에 장미를 처음으로 재배하여 매년 많은 방문객이 내방하고 장미 축제를 개최한다는데, 수박 겉핥기라 아련한 미련만 남긴 견학이었다.

프랑크푸르트 시티 호텔에 여장을 풀고 농업 연수 중간 점검 간담회를 했다. 여느 연수에서 느낄 수 없던 자유 투어로 야시장과 그들의 축제 속으로 들어가서 느낄 수 있던 감정과 기차를 싣고 운항하는 여객선의 경험 등은 호평을 받고, 주말 정원은 우리 근교 도시농업에 벤치마킹할 수 있다는 의견이 많았다. 하지만 이동 거리가 길었던 점과 공식 방문이 아니어서 의문점을 풀지 못한 것이 아쉬움으로 남는다는 의견이 많았다.

헤센주 농업기술센터(LBH-Steuerberatungsgesellschaft mbH) 관계자는 독일 농업인의 평균 경작지는 27ha이고 소득은 일반 국민 소득의 1/3 정도라고 했다. 농업기술센터 안에는 농업계 고등학교를 졸업한 학생들을 가르치는 농업전문학교와 유통센터가 있었다. 농업기술센터의 역할은 농가 소득 향상을 위한 농가 지원, 정보 공유와 농업인의 권익 대변 활동이라고 했다.

서독의 농업은 가족형 농업으로, 동독의 농업은 협동조합형으로 발전하고 있는 추세이다. 엄격한 심사와 규정에 따라 경작자에게 직불금이 지급되고 있으며, 융자의 이율은 2% 이하라고 했다.

농업인 자격을 취하는데 특별한 규제나 혜택은 주지 않지만, 농업계 학교를 졸업하거나 전문교육을 받으며 농업기술센터나 농민 연맹으로부터 정보와 기술 전수를 받을 수 있어 농업경영에 유리하다는 설명도 있었다.

전체 국민의 3%만이 농업인이고, 농업의 이직이 늘고 있다고 했다. 호기심 어린 농업 이민에 대한 질문에 독일어 시험만 통과하면 그냥 농사를 지을 수 있다고 했다. 슈레브 가르텐에 대한 궁금증은 풀 수 있었으나 유기농업에 대해서는 명쾌한 답을 얻을 수 없었다.

고등 국가의 직업과 일의 개념은 우리나라의 자유경제 체제와는 확연히 다른 모습을 보였다. 높은 소득세를 내고 교육과 노후를 보장받고, 주어진 시간을 여유롭게 휴양과 여행으로 즐기는 그들의 삶과 경쟁과 생존의 논리로 역동적으로, 때로는 각박하게 자극받으며 사는 우리네 삶과 비교할 때 옳고 그름의 문제보다는 가치관의 문제가 아닐까 하는 생각을 했다.

나는 어떤 가치관으로 살고 있는가? 무엇을 고민하고 있는가? 스스로 반문해보았다. 조직을 위한 일이라고 나의 삶 일부를 제쳐놓고 앞장섰는데도 오해와 원망으로 얼룩진 나를 제자리로 돌려놓아야겠다는 결론을 내리기까지 너무 많은 고민과 시간을 낭비한 것 같다.

그렇게 철학자의 흉내를 내고 있을 때 독일 제일의 관광지 하이델베르크에 도착했다. 점심에 독일 소주(알코올 38%)로 반주를 하고, 하이델베르크 성과 시가지 자유 투어를 시작했다. 서역 만 리 고행으로 이곳에 왔는데 하이델베르크 성 껍질만 보고 갈 수 없다는 합의로 50유로를 주고 일행 10명은 입성을 했다.

엘리자베스 문과 건축사의 쌍둥이 아들 이야기, 22만2천 리터 오크통을 지키는 난쟁이 페어케오, 르네상스식의 웅장한 궁전 프리드리히궁 등을 내가 안내를 하고, 네카어강과 뾰족한 종탑들과 빨간 지붕이 오밀조밀한 하이델베르크 구시가지를 내려다보면서 기념사진도 담아두었다.

달리는 차 창으로는 한결같이 빨간 지붕과 높게 솟은 종탑이 있는 마을 그리고 넓게 펼쳐진 구릉으로 된 들판이 지겹도록 그려지고 있다.

앵무새처럼 조잘대던 박 선생은 동독인의 눈으로 본, 통독 이후의 고충을 다룬 영화로 이동 시간의 무료함을 달래려 했다.

저녁나절 로텐부르크에 입성했다. 후기 중세의 모습을 그대로 간직한 채 호텔과 카페로 마을을 이루고 있었으며, 외곽 성벽을 잘 보존하고 있었다. 아쉬움이라면 많은 부분이 시멘트로 메워지거나 땜질이 되어 있다는 것이었다.

시간에 쫓기어 관광객을 위한 쌍두마차를 타보지 못한 것이 아쉬움이었다.

마르크트 광장에 넘쳐나는 인파와 주변 카페의 손님들은 모두가 시청사에서 펼쳐지는 인형극을 보러온 관광객이란다. 그 옛날 왕이 적장에게 항복하고 백성을 살리기 위하여 맥주 1L를 단숨에 들이켰다는 전설을 재현하는 인형극이 오후 5시에 열린다고 했다.

백성을 사랑하는 마음을 시청 직원들도 전통으로 이어받아 지키고 있다는 사실을 암시하고 있다지만 별것도 아닐 수 있는데 수많은 관광객을 모으는 마력은 무엇일까? 깊이 고민해야 하지 않겠는가?

바이에른 주 프라이징의 자원 재활용 실천 농가에서는 출입을 견제하여 멀리서 도둑 견학으로 만족해야 했었다.

바이에른 주 사람들은 원칙과 합리주의를 따지는 타주의 독일인과는 다르게 호탕한 성격과 부지런한 근면성을 가졌다. 기사가 바이에른 사람이고 융통성 있는 분이라서 그렇게라도 견학할 수 있는 행운을 얻었단다.

축산 농가의 시설과 축산 분뇨와 퇴비를 이용하여 바이오 가스를 생산하고, 다시 전기를 만들어 인근 마을에 공급하며, 잉여 전기는 전력회사에 판매하는 시스템이라고 했다.

옥수수와 유채를 이용한 바이오 에너지 생산은 환경론자들의 부족한 식량 자원의 낭비라는 여론에 밀려 점차 주는 추세라고 했다.

맥주의 도시 뮌헨은 대도시답게 북적거리는 인파와 맥주 축제의 원조 카페에서는 관광객의 손에든 맥주가 넘치고 있었다.

점심을 먹고 조금은 나른한 시간 우리는 바이에른 주 농민 연맹(Bayerischer Bauern Verband)를 방문했다. 축산 중 양계에 관심 많은 이 회장도 답을 구하는데 턱없이 부족했고, 관광을 즐기려던 양 회장도 그렇고, 나 역시 농민 조직의 운영 체계와 회원 간의 갈등 해소나 공동의 지표 설정 과정이 많이 궁금했는데 조직의 내부를 볼 수 없었다.

연맹의 사무국 책임자는 독일 농업과 바이에른 주 농업을 수치로만 나열하고 있었다. 바이에른 주 농업인의 95%가 연맹에 가입해있으며, 연맹의 경영은 회원들의 회비와 타 기관의 도움을 받아 운영되고 있다. 농업 연맹의 역할은 농업 컨설팅 전반의 사업과 정보제공 권익옹호 활동을 하고 있다.

바이에른 농업은 소농이 많으며, 낮에는 회사에 다니고 휴일에 농사하는 부업농이 대부분이라고 했다. 질문에 다소 엉뚱한 답변으로 장황하게 설명하는 사무국 직원은 독일인 특유의 고집스러움이 있어 다소

따분한 시간이 되기도 했다. 충분한 해답을 얻지 못한 동료들은 불만스러운 표정이었다.

마리엔 광장에 있는 신 시청사는 네오고딕 양식의 건축물이라 했다. 다른 시청사 주변과 마찬가지로 시청 광장 가장자리는 수많은 파라솔 아래 노천카페와 레스토랑이 즐비했다.

오후 6시 정각에 시계탑에서 20여 분 정도 펼쳐지는 인형극을 글로켄슈필이란다. 박 선생은 이것을 보기 위하여 수많은 관광객이 노천카페에서 맥주를 마시며 기다리는데 우리는 행운이 따라 정각에 도착하여 볼 수 있었단다.

그 말을 증명이라도 하는 듯 발 디딜 틈 없이 마리엔 광장을 메운 사람들이 썰물 지듯 빠져나갔다. 대구시 청사에도 저런 종탑을 세워 관광객을 유치하면 어떻겠느냐는 박 선생 말에 어가 행렬과 강강술래 같은 인형극도 괜찮겠다고 맞장구를 쳐주었다.

박 선생은 시청 직원들은 시민의 세금으로 급여를 받는 것이 아니라 청사 1층의 가게 임대료로 받는다고 말해주며, 독일 국민은 공무원이 일을 못 해도 나무라지 않는다고 했다.

그래서 서두르지도 않고 합리적이고 공정하게 일을 처리한다. 대신 자기 편이에 맞추기 때문에 서비스 정신과 배려는 기대할 수 없단다.

아내의 손에 이끌려 2개의 종탑이 인상적인 성모 성당에 들러 사고 없이 연수를 마치게 된 것에 감사하며 참배를 했지만, 정리되지 않은 생각들과 두고온 농장의 걱정으로 불안한 마음에 복잡한 심경이었다.

다른 곳에 시선을 돌리면 나아질까 하는 심정으로 어설프게 접어든 길목에서 길을 잃었다. 조금만 더 골목을 뒤져보면 아는 길을 찾을 수 있겠지 했는데 점점 더 미궁으로 빠져들고 두려움이 생겨났다.

내가 준비한 삶을 접어두고 타인의 꼭두각시로 번뇌하는 내 모습을 길 잃은 미아로 표현하고 그려놓은 것 같았다. 원점인 마리엔 광장으로 돌아와서 다시 찾아보아도 기억은 묘연하고 더욱 헷갈리기만 했다.

나는 새로운 조직의 책임자로 서면서 조직원 모두가 동반자로 여기며 일해왔는데 나의 착각이었나 보다. 그들과 나는 같은 방향을 걸어가는 동행자였던 것이다. 연수자 각 개인의 관점에 따라 수확은 다르겠지만 나는 이번 연수가 농업 연수자 모두에게 방학 동안 가족과 함께 농촌에서의 휴양을 뜻하는 페리엔 호프가 되었으면 좋겠다는 생각을 하면서도, 이번 연수에서 미진한 부분이 있었던 탓일까? 아니면 행운이 따른 자유 투어로 색다른 체험을 통해 견문을 넓힌 기쁨에 도취 탓일까?

고등 국가의 사람들이 살아가는 모습을 보고 지난 몇 년간 계획한 생활로 돌아가야겠다고 정리를 했는데 갈등은 왜 존재한단 말인가?

그렇게 고민하고 갈등하던 생각들을 뮌헨공항에 두고 왔다고 생각했는데 연수 동안 빼곡히 메모했던 수첩까지 두고 왔다는 사실을 파란 하늘이 눈부셔서 고개를 들 수 없었던 김해공항을 떠나오면서 알았다.

이제는 도시농업에서 덴마크의 베네리스트와 독일의 슈레브 가르텐, 페레인 호프을 벤치마킹하고 여유로운 삶으로 비춰는 고등 국가 국민의 가치관을 나의 삶 속으로 어떻게 끌어올 것인지 나의 동반자와 생각을 나누어야겠다.

2012년 9월 9일

6

하얀 기억

2009년 농림수산식품부에서 모집한 제2회 농업 CEO MBA 교육과정 중 일본 농업 연수기를 기록한 것입니다.

▲ 己丑 年 農業 CEO MBA 日本練修記(10월 26일~10월 30일)

텔레비전에서는 자정 마감 뉴스 시간까지 안중근 의사 100주년 특집 뉴스를 반복해서 방송하고 있었다. 늘 특정한 날이 되면 우리네 언론과 매스컴은 호들갑을 떨며 펄펄 끓는 뜨거운 심장으로 그렇게 순국

선열의 애국지사를 존경하는 양 민족정신의 분위기만 조성하다가 핫바지 방귀 새듯 소리 소문도 없이 조용히 잊어버린다. 하지만 수능 시험에 역사 과목이 포함되지 않아 학교에서는 역사 공부를 포기한 지 오래되었고, 우리의 어린 학생들과 젊은이들은 天民의 민족의식과 민족사를 잃어버려 우리의 主敵이 북한 공산당이 아니라 미국과 부르주아로 잘못 알고 있는 학생들이 많은데, 팥죽 끓듯 쏟아내는 방송과 언론이지만, 그들에게는 역사 공부가 될 수 있을 것 같아 조금은 위안이 되기도 한다.

그런데 나는 이런 특종이나 특집 방송을 접할 때마다 민족적인 영웅이나 독립운동가의 훌륭한 업적, 민족과 국가를 위하는 희생정신 뒤에 숨어있는 부모와 형제자매, 특히 부인들의 순탄하지 않았을 생활에 대하여 상념에 잠기곤 한다. 순국선열의 애국지사와 독립운동가는 국가와 민족을 위하고 불의와 맞선다는 확고한 목적의식으로 과업을 수행하는 과정에서 받는 고통과 고초는 당연하게 받아들일 수 있지만, 그 가족들은 가장이나 부모, 형제자매 중에서 한 사람이 던져준 고통과 고난의 선물을 안고 얼마나 많은 눈물과 한을 속으로만 삭이고 애절한 삶을 영위하며 치유하였겠는가?

겁 없이 귀농하여 생존하기 위해 하루 스무 시간을 으스러지게 일하고 쌓은 열정과 희망을 태풍 매미가 쓸어갔다. 남은 자갈과 진흙 벌에서 독선의 아집으로 나를 일으켜 세우고, 일의 중독자로 일에 미쳐 돌아온 나는 내 몸이 내 것이 아니었다. 나는 영농조합원들과 또 다른 가족인 조합 직원들의 리더라는 의무와 책임을 진 새로운 신분으로 나의 의지를 반영할 수 없는 또 다른 존재가 되어있었다. 내가 좋아서 시작한 농업이라 '내 발등 내가 찍었다'고 말하지 못하고 미친 듯이 동분

서주했다. 14년의 영농 생활을 오지랖 위에 펼쳐놓고 괴로울 때는 부부란 이름으로 함께했지만, 제 흥에 겨워 울고 웃는 즐거울 때면 나는 늘 혼자서 즐거워했다.

자녀교육, 집안 살림살이 모두 아내에게 팽개치고 나의 목표와 목적만을 위해 경주마처럼 살아온 내 삶에 후회는 없다. 다만, 내가 힘들어 주저앉고 싶어 할 때 격려하고 용기를 북돋우며 묵묵히 행복한 가정을 가꾸어온 아내가 그저 고맙고 미안할 뿐이다. 요즘 들어 누적된 피로와 온몸이 아프다고 푸념처럼 늘어놓고 쓰러져 잠드는 아내의 모습을 볼 때면 더욱 그렇다. 오늘 밤도 저녁 밥상을 윗목에 밀쳐두고 다리를 웅크리고 엎드려서 잠든 모습이 여리고 맥이 없어 보였다. 물끄러미 바라만 보다가 안쓰럽고 미안해서 나 혼자 늦은 밤에 여행 가방을 챙겼다.

아내의 권유로 가볍게 자격증 하나 취득에서 '농림수산식품부의 인재 풀에 이름 석 자 올려두자.' 하는 가벼운 마음으로 제2회 농업 CEO MBA 과정에 입학했다. 입학하던 날 농기업 육성 방안, 시군 유통회사의 추진 방안과 정운천 전 장관님의 '농업의 밀물시대를 연다'는 농업의 열정을 불어넣고 의욕을 고취하는 열강보다는 내가 받은 사회교육 중에서 가장 품격이 있는 교육으로 대기업의 임원진 또는 여러 산업 분야의 CEO님과 함께 3.4대1의 경쟁을 뚫고 동기생이 되어 어깨를 나란히 하는 현실이 지나온 14년 영농 활동의 보상처럼 느껴졌다. 초등학교 시절 난생처음으로 우등상을 받던 날, 집에 빨리 가서 엄마에게 자랑하고 싶어 오른손으로 상장을 높이 치켜들고, 왼손에는 찢어진 고무신을 벗어들고 달려가다가 엎어져서 코피가 터져 울던 그때처럼 헛다리 짚지 않기를 바라며, 좌표 잃은 나에게 새로운 목표를 심었었다.

정부의 농산업 정책과 농업 농촌의 변화, 생산 농가에서 산지 유통센터와 유통업체를 통하여 소비자에 이르기까지 시스템을 이해하기 위한 체험 학습과 현장 견학 그리고 사례 발표, 마케팅 법률 재무 노무 교육, 팀별 시뮬레이션 등의 시스템에 맞추어 교육 프로그램이 짜여있었다. 그 옛날 한양 과거 길의 길목이었던 안성 율동마을에서 안성 이씨 26대손이며, 이숙번 선생의 22대 종손이라고 양반 자랑을 늘어지게 하던 이기붕 이장님의 농업 농촌 질의응답 시간에는 모두 호기심과 의욕이 넘치고 활기가 있었다. 나는 산업이 경공업에서 중화학공업과 전자정보, 그리고 나노와 지식산업으로 발전되어 가듯이 우리나라의 농업도 노동 집약적인 농업에서 자본 집약적인 농업, 즉 경제소득 작물로 벼 재배는 70년대에 증산왕시대가 마감되고 80년대의 시설채소 등장, 90년대 과수 재배에 이어 IMF 이후 축산 농가의 규모화와 21세기 들어와 생산과 유통은 물론 관광 농업까지 포함한 비즈니스 농업으로 변화고 있는 모습을 볼 수 있었다. 그렇게 새로운 지식을 보고 느끼고 배우기도 하고, 때로는 얕은 지식으로 나불대면서 주간 2박 3일 교육이 10주간 계획으로 라비돌에서 이루어졌다.

천사령 함양군 군수님 같은 열정적인 강의가 있는 반면 무성의하고 형식적인 강의와 열의와 열정은 넘치지만 강의의 초점이 창업농이나 소규모 농가의 고소득 마케팅 등 시군 유통회사와의 방향과 맞지 않은 강의, 또는 시군 유통회사 CEO는 6급 주사의 아랫사람이라는 비유로 농업 CEO MBA 교육생의 사기에 찬물을 뿌리는 강사와 낡은 정보와 지식으로 강의 자료를 준비하여 부실한 강의를 하다가 교육생인 나에게 꾸지람을 당한 안하무인의 강사가 있었다. 그리고 시군 유통회사 농업 CEO를 양산하기 위한 교육 프로그램에 참여한 모 교수가 모 신문의 4회 기획 시리즈의 인터뷰에서 이야기한 "시군 유통회사는 태어나서는 안 될 잘못된 정책의 결과물로 사생아 취급하듯이 하였고, 농림수산식품부가 교육을 주관한 한국 농업대학 산학협력단의 농업 CEO MBA 교육생과 수료생의 자질을 거론하며 실패한 정책이다."라는 기사가 강의실에 배회하면서 우리의 사기가 극도로 저하되고 술렁이기 시작하였다.

"여건은 갖추어지지 않은 것이 아니라 만들어가는 것이다."라는 김양식 학장님의 말씀을 '우리의 적극적이고 창의적인 발상으로 농업의 어려운 위기의 현실을 기회로 삼아 성공하라'는 격려의 말씀으로 단순하게 이해하고 말았다. 하지만 내면의 깊은 뜻은 교육 4주차가 되면서 이해할 수 있었다. 농업 CEO MBA 1기 교육생보다 열악한 교육 환경, 무언가 소외된 것 같은 분위기와 CEO MBA 2기 교육생의 대우 그리고 '교육생 대표를 의도적으로 늦게 선발하여 교육생 임원진이 의기투합하지 못하도록 구심력을 약화하고 있지 않나?' 하는 의구심을 낳게 하였다.

농림수산식품부의 농업정책은 장관이 바뀌면서 시군 유통회사의 관심도 떨어지고, 정책 기조마저 흔들려 3기생을 모집하지 않고 정책이 사멸될 수 있다는 위기의식과 수료 후에는 취업이 보장되지 않는 현실을 인지하고 나서야 우리의 미래는 우리가 만들어보자며 여기저기서 2기 농업 CEO MBA 동기생들만의 유통회사 설립 논의 일어났지만, 그저 웅성거림으로만 맴돌고 말았다. 전영걸 교육팀장이 중도에 사퇴하고 서리를 맞은 것 같은 정보가 난무하면서 농업 CEO MBA 교육생은 암울한 미래로 인해 저하된 학습 분위기와 우울한 수업을 이어갔다.

그러한 가운데도 농산물의 생산 유통, 제지 및 포장 박스, IT 분야,

화학 분야, 식품 영업, 농협 등 각기 다른 분야에서 역량을 발휘하던 분들이라 개성이 강하고 아주 도전적인 여섯 명이 한 조가 된 우리 드림팀 5조는 날카로운 질문과 탁월한 단결력으로 학습 분위기를 주도하면서 다른 조원의 선망의 대상으로 표적이 되기도 하였다. 또한, only one NATO군 3조에 실력을 인정받아 중간 평가를 계기로 8조(5+3)를 탄생시켰다. 슈퍼마켓 앞에서 왔다 갔다 망설이다가 결국에는 숙소에서 만취하는 슈퍼맨 4조와 감투 좋아하다가 잡기로 날밤 새우고 피박쓴 2조 그리고 막내 박기동 상무가 있으면서도 기동력이 느린 조선 선비 같은 학구파 1조 등 교육생 30명의 개성이 독특하고 화려했다. 5개 조의 팀 색깔 역시 뚜렷하고 톡톡 튀는 탁구공과 같다.

술에 홀렸는지? 색소폰 음악에 취했는지? 분간 없이 지갑 틀린 이석기 상무와 성수 브라더스, 점 경숙의 신화를 만든 최봉식 단장, 180만 원 살롱을 봉고에 싣고 다닌 못 말려 군단, 그리고 명쾌한 용어 해석을 요구하는 조운행 CEO와 정확한 상황 판단과 날카로운 질문 공세로 마구 들이대는 한상황 CEO님 등 우리 교육생 기대치의 좌절과 교육과정의 불만은 다양한 에피소드와 작은 이야깃거리로 표출하면서도 모두가 교육평가에는 민감한 반응을 보이며 경쟁의식을 고취했다.

교육 담당자 박선미 선생은 말끝마다 '선생님'을 연발하면서 중간 평가 문제를 가지고 우는 아이에게 사탕을 가지고 놀리듯이 애를 달구며 즐기는 듯 학습 분위기를 향상하려 했지만 중간 평가를 기점으로 농업 CEO MBA 교육생들의 호기심과 의욕은 짚불 사그라지듯이 꺼져만 가고, PSI의 교육 프로그램은 시간이 갈수록 의도적으로 늘려놓아 지루함으로 교육생들의 싫증을 차곡차곡 쌓고 있었다.

농업 CEO MBA 6주차 교육 마지막 날 첫 수업 직전에 이어진 2기생 회칙을 제정하고 회비를 결정하는 과정에서 동기생들의 내면에 깔린 색깔이 흐릿하게나마 정체를 드러났다. 모든 회의는 진행자의 의욕과 성실한 설명이 참석자의 의사 결정에 매우 크게 작용한다. 그런데 의욕을 잃은 박 총무가 회의를 진행하여 얻은 결과는 한 끼 식사 비용도 되지 않는 회비로 조직을 운영하라는 것이다. 다리만 걸쳐놓고 눈치만 보고겠다는 것인지 아니면 우는 아이 떡값 주듯이 부담 없는 금액이니까 던져주고 말겠다는 것인지 모르겠지만 어정쩡한 모습으로 눈치만 살피는 것으로 추정된다. 구심점을 만들어주지 못한 임원진이 원망스러웠다. 조직을 결성하고 한목소리로 알리고 소통하는 것을 무슨 떼를 쓰는 어린아이처럼 죄스럽게 느끼고 학습 평가에 나쁜 영향을 미쳐 수료 후 취업 우선순위를 빼앗길까 봐 우려하며 교육 진행자 측의 눈치를 보고 있는 것인지 알기 어렵다. 나는 습기 하나 없는 모래알로 모래성을 쌓고 있는 임원진에 화가 났다. 그래서 나는 결속력이 없는 조직은 만들 필요가 없다는 역설로 소득 없는 회의를 북극의 찬바람으로 덮어버렸다.

"내가 할게." 하고는 부스스 일어난 아내가 긴 머리를 손으로 쓸어 넘기며 다가와 여행용 가방을 빼앗아간다. 반항도 않고 빼앗긴 가방에 차곡차곡 담기는 옷가지만 바라보는데 아내가 어린애 투정하는 말투로 한마디 흘렸다. "자기는 좋겠다. 일본도 가고…."

아무런 반응이 없자 한 번 더 혼자 말처럼 "자기는 좋겠다. 일본도 가고…."라고 했다. 일상에 지쳐 심신이 피곤한 아내가 여행을 떠나고 싶은가 보다. 부산 태종대로 신혼여행을 간 이후 처음으로 작년 9월 부부동반으로 뉴질랜드 일주 여행을 하였다. 그때 어린아이처럼 깡충거리며

이 세상에서 가장 행복한 사람인 양 대초원과 만년설을 틀어 안고 7박 8일 내내 행복해하던 아내의 모습이 떠올랐다. 아내는 해외 연수가 여행인 양 착각하며 피곤한 일상에서 벗어나고 싶은듯해 보였다.

"당신은 미국도 갔다 왔고, 중국도 가봤고, 일본도 갔다 왔잖아?"

"그래도 자기 따라가고 싶다. 자기 호주머니에 담아 가주라, 으~응?"

그렇게 말도 안 되는 투정을 부리던 아내는 새벽 두 시에 집을 나서 동대구 고속버스 터미널에서 인천공항행 리무진버스에 오르는 나를 배웅했다. 선잠을 자고 출근할 아내가 안쓰럽고 미안뿐이었다. 덜컹거리며 달리는 리무진버스에서 잠을 청해보지만 잠이 오지 않았다.

인천공항에서 가이드 양경미 씨와 지역 네트워크 장민기 이사, 방도혁 주무관과 합세하여 대한항공 723편으로 일본 연수 길에 올랐다. 창가 좌석으로 옆자리에는 동생 김성수(부회장) 씨가 함께했다. 그는 외식산업의 전문가답게 쌈의 특성과 다양한 종류를 설명하였다. 웰빙 시대에 맞는 다양한 기능성 유기농 쌈을 개발하고 간편하게 먹을 수 있는 방법과 상품만 만들면 우리의 쌈도 일본 초밥처럼 세계화된 쌈 문화를 창출할 수 있을 것이며, 우리 고유의 쌈을 수출 상품으로 개발하면 김치 보쌈의 재료인 김치는 당연하고, 소스로 간장과 된장, 고추장 등 장류와 쌀까지 수출이 가능한 데 빙산의 일각인 김치와 불고기를 가지고 세계화를 외치는 것이 농식품 수출의 맹점이고 안타까운 현실이라며 열변을 쏟다 놓았다. 김성수 대표는 쌈 연구의 동반자며 사업 파트너가 될 아들이 해군 생활을 마치고 전역하면 쌈 바를 열고 쌈 바 체인점 사업을 하고 싶다고 했다.

쌈 채소의 무한한 가능성을 설명하면서 쌈 채소 수요의 한계로 작목 전환을 고민하는 나에게 유기농 쌈 채소 클러스터 조성을 권유하였다. 그러면서 서로 도움이 될 수 있는 사업으로 만들어보자며 자연스럽게 농업 CEO MBA 2기 동기생의 유통사업단 진행 과정의 이야기로 옮겨갔다. 수료 후 실망이 아닌 아주 절망스러운 진로를 우리 스스로 개척하자는 의미로 조사 분석 조에서는 동기생들의 희망 진로 분포도를 파악했다. 윤 회장님은 aT유통공사를 통해 연간 매출액 30억 이상인 일반 조직과 유통 전문 조직, 공동 마케팅 조직의 명단을 파악해 농업 CEO MBA 인재 풀을 한국농수산대학 총장님의 명의 된 공문으로 홍보할 계획이었다. 김성수 부회장의 빈 사무실 공간을 임원진이 사전 답사하고, 윤 회장님이 소속된 GAP 협회 산하 유통사업단을 구성하기로 하였는데, 비영리 사단법인인 GAP 협회가 영리사업을 할 수 있는지 확인 작업 중에 있다는 설명뿐 회장단이 모여 사업을 구체적으로 논의한 적은 없어 아직도 공론으로만 겉돌고 있었다.

'같은 강물에 두 번 발을 담글 수 없다'는 어느 강사님의 말씀이 생각났다. 기회는 늘 오는 것이 아니고 시간은 나를 기다려 주지 않는데 구심점이 될 것 같은 열정과 의지를 가진 사람이 없다. 이번 연수 기간밖에 시간이 없으니 회장단이라도 의견을 모아 유통사업단의 골격을 만들어야 한다고 권유는 했지만, 기대할 수 없을 것 같았다. 그날의 나의 쓴소리도 자극제가 되지 못한 채 무언가 2%를 채우지 못한 것 같은 동기생의 유통사업단은 실속 없는 정보만 요란스럽게 주고받다가 흐지부지 흔적도, 시작도 없이 끝날 것 같은 느낌이 왔다. 밤을 새우고 달려온 피곤함으로 눈이 따가웠지만 우리는 많은 대화를 나누고 연간 0.2mm씩 바닷속으로 가라앉고 있다는 오사카 공항에 안착하였다. 공항에는 비가 내리고 있었다. 공항에서 점심을 먹고 긴끼 농정국으로 이동하면서 우리의 일본 연수는 시작되었다.

일본의 농업은 호당 경지면적이나 농촌의 고령화와 농업의 상대적 축소 등 우리와 많은 닮은꼴을 가지고 있지만, 다른 면이 너무나 많았다. 우리나라는 농업 승계가 가능한 농업인이 3.5%뿐인데, 일본은 53%나 되며 가내 수제업의 발달로 이농, 탈농 등이 거의 없다. 그리고 지방분권화로 산업 단지가 많아 겸업할 수 있고, 사료작물의 재배 비율이 23.5%나 된다. 특히, 우리가 방문한 지역은 마을과 마을이 단절되지 않아 지산지소 운동이 활성화된 것 같았다.

긴끼 농정국에서 얻은 일본의 농업정책은 위원회 중심의 상향식으로, 향후 5년간의 농정 계획 방향을 수립한다. 인정농업자와 집락 영농, 농사조합 법인과 일반 농업인으로 구분하여 단계별로 정책을 세우고 지도, 육성하며 법인화로 유도하고 있었다. 쌀 생산 농가인 농사조합 법인 호즈는 생산된 쌀은 JA에 67% 판매하고 나머지는 직판하고 있었다. 농업인의 고령화로 특별한 대책 없이 정부의 보조금에 의존하면서 적자운영으로 어려움을 겪고 있는 현실이면서도 농협과 농정국의 정책에 순순히 순응하고 있는 것 같았다. 작은 면적으로 양파와 같은 채소작물로 작목 전환을 지금에야 시도하는 것 같았다.

다음 날(10월 27일) 여러 지역 농협이 합병하여 큰 조합이 된 JA 기노사토 선별장은 경사가 45도가 넘을 것 같은 산자락 꼭대기까지 노란 감귤이 달려있고, 작은 비닐하우스가 산발적으로 있는 채소와 과일을 재배하는 와카야마 현 산골에 있었다. 농산물의 재배력 및 방제력을 시스템화하여 관리함으로 안전 농산물을 생산하고 계획적인 출하를 한다. 기노사토의 공동 브랜드로 출하하고 있으며, 결제가 안전한 도매시장이 주 거래처다. 직판장도 운영하고 있고, 점점 더 확대할 계획이다. 100% 수탁으로 공동 선별, 공동 정산 방식을 채택하고, 일정한 수수료를 받아 운영되며 연간 가동률이 364일이라고 자랑을 했다. JA의 금융, 정책, 경제 신용 등 질문은 꼬리를 물고 이어졌고, 동기생들의 궁금증은 물이 오른 듯했다. 깔끔한 포장 디자인이 간결하면서도 강하게 어필하는 박스 디자인과 비닐봉지 디자인이 나를 유혹했다. 복숭아, 감, 감귤, 배 등 네 가지를 공동으로 선별할 수 있게 설비된 선별장을 관람하고 이어진 질의응답 시간은 동기생들의 호기심을 자극하고 길게 뽑아놓은 질문 공세로 우리의 다음 일정에 차질이 생겼다.

고베의 다이애 쇼핑센터에는 층별로 생활용품을 갖춘 빌딩으로 '태양루'라는 중국집에서 늦은 점심을 먹고, 지하 신선 식품 매장을 살펴보았다. 많은 편이식품과 예술품 같은 초밥 도시락 등 인스턴트 식품이 즐비하고, 상추는 한 포기씩 포장하여 108엔과 198엔에 판매하고 있었다. 4~5종류의 조각 과일로 만든 과일 도시락과 찐 고구마를 편으로 썰어 진공 포장한 상품이 특이했다. 고베시의 농촌 관광 명소라는 고베 와이너리 농업 공원은 먼지만 쌓여있는 폐허 수준으로 농촌 관광사업이 활성화되고 있지 않음을 짐작할 수 있었다. 일본의 농촌 관광 산업이 매우 발달하여있다는 소문과는 아주 다른 결과가 내게는 충격적이었다.

10월 28일 난생처음으로 경험한 도축장은 역한 냄새와 잔인한 기운이 나를 음습해 왔다. 흑우 화우만 도축하는 가코가와 식육 위생 검사센터는 일 년에 한 번씩 도축된 가축들의 혼을 위해 제를 지내는 축혼비가 마당 한쪽에 세워진 것이 인상적이었다. 우리나라에서는 발생하지 않은 광우병과 O157 대장균이 발생한 사실이 있어 위생적인 관리가 철저하며, 소의 내장과 머리는 태우거나 사료용으로 사용한다. 종자

소의 공급과 번식 소의 관리 및 송아지 혈통 그리고 자라난 곳 등을 철저히 분류하고, 유질과 등급을 3단계와 6등급으로 구분하여 우수한 가코가와 화우를 생산하고 있다고 했다.

오래 씹을수록 구수한 화우 샤브샤브로 점심을 먹고 찾은 JA 전농 효고 본부에서는 안전, 안심, 가격을 넘은 품질의 콘셉트와 소비자의 트렌드에 맞춘 상품을 기획했다. 이벤트의 참가 및 사업 활동으로 건강하고 윤택한 지역사회 창조를 목표로, 사회적 재산인 농업을 지킨다는 이념으로 농업 생산에 필요한 자재 공급 및 농축산물의 판매를 하는 경제 사업을 효고 현 산하 JA와 함께하고 있었다. 일본의 농협 조직은 시스템적으로 움직이고, 농업인 자신들의 욕구나 의사를 표현은 없이 그 시스템에 따라 순응하며 농협이나 농정국 지시로 미래 농업이 설계되는 것 같았다. 따라서 유기농업이나 무항생제 축산업이 우리나라보다 활성화되지 않고 있는 원인으로 추정할 수 있었다.

일본은 과일을 소분 포장하는 페킹 하우스나 신선 편이식품 가공 센터, RPC 등이 생산지가 아닌 소비지인 대도시 주변에 존재하는 특성을 보였다. 우리나라와 다른 형태의 유통 흐림이다. 이러한 차이점이 갖는 장단점을 분석해볼 여지가 있는 것 같다. 유람선에서 저녁 식사를 하고, 고베의 야경을 보면서 선상에서 조별 토론회를 갖자고 드림팀 5조가 제한할 때에 먼저 방도혁 주무관에게 선상 토론회를 건의했다고 하던 1조의 배신으로 무참히 무산되고 일정대로 고베 외각지에 있는 이온그룹 JUSCO를 방문하기로 했다.

나는 이번 연수에서 많은 정보와 지식을 습득하기보다는 일본의 식생활 문화의 변화를 읽고 샐러드와 신선 편이식품에 초점에 맞추어 삼사 년 후 우리 식단에 올려질 상품을 예측하고 준비하겠다는 마음으로 한 가지 상품이나 아이디어 수확이 목표였다. 1/4 쪽으로 잘라서 판매하는 배추, 청상추 10장을 팩에 담아 100엔, 한 팩에 158엔 하는 허브(향신채) 198엔 하는 김치 팩이 자리 잡은 욘사마(배용준) 김치 코너, 다양한 조각 과일 도시락과 채소와 과일, 또는 채당근, 연근, 옥수수 등을 함께 담은 혼합 상품들이 3년 전 일본의 백화점 매대보다 많이 확대되고 다양하게 많은 상품이 진열되어있었다. 안내자 없이 스스로 보고 느끼고 배워야 하는, 가장 재미없는 연수가 소비자 유통 견학으로 경비와 시간을 요구하기도 한다.

마지막 주류 코너에서 나는 드림팀 5조의 작은 추억 만들기를 위하여 판매 인기 최고라고 표시한 백화 정종을 샀다. 쇼핑을 마치고 돌아오는 길에 양경미 씨가 일본인 삼대 길몽인 후지산과 독수리 그리고 가지 이야기를 알려주었고, 일본이 좋아하는 동물인 고양이, 개구리, 부엉이보다 재미있는 "할 말이 업쓔. 지금까지 한 말은 말도 아니뉴."라는 말 이야기 만담으로 장동식 씨는 우리에게 웃음을 주었다. 고베의 저녁 식사 시간에 윤찬호 씨가 맥주가 공짜라고 말해 동기생들이 먹은 9잔의 맥주를 한 명이 먹은 것으로 가이드 양경미 씨가 협상하고 계산하는 해프닝을 만들어놓고 우리는 서둘러 우리의 연수 버스를 2,000엔에 전세 내어 고베 항 포토아일랜드에 도착했다.

19시 20분 유람선은 '부~우' 하는 뱃고동 소리와 함께 서서히 밤바다 속으로 빨려들어 갔다. 스며오는 초저녁의 어둠을 밝힌 전등 꽃으로 화려하게 피어난 고베의 야경을 병풍 삼고 원탁의 5형제가 되어 선상의 테이블에 앉았다. 무언가 희망을 있을 것 같이 높게 솟은 찬란한 불빛의 전망대와 인공 섬 호텔 객실이 바다로 떨어져 하늘과 바다에서 다시 태어나 잔잔한 파도를 희롱하며 현란한 빛깔로, 무너질 듯한 교태로, 싸한 밤바람과 함께 가슴에 내려와 앉았다. 김보영 원장님의 즉흥시 한 수가 우리들의 심금을 울리고 저절로 솟은 흥에 즐거움은 배가 되었다. 우리는 정종 잔에 고베의 아름다운 야경을 담고 감탄하면서 건배, 한상황 사장님의 불참을 모두가 아쉬워하고 형수님의 쾌유를 빌며 건배, 농업 CEO MBA 교육생답게 8주간의 교육 내용과 소감과 의견을 나누고 비판하며 건배, 일본의 농정과 농협 그리고 농업 환경과 농업인 의식 등에서 다른 것과 차이점 분석하고 자기 의견을 우기면서 건배, 허공에서 발버둥을 치며 무지개만 좇는 GAP 유통사업단을 대비한 드림팀 5조의 새로운 희망을 위해 건배, 술잔에 뜨는 고베의 달에 취해서 건배, 풍류에 젖어 제 흥에 겨워서 건배를 외치며 우리는 일생에서 다시 오지 않을 고베의 선상 파티를 만끽하였다.

우리의 독무대에 일본의 전통 의상인 기모노를 입은 일본인 처녀가 갑판에 나타나면서 우리는 나토(NATO)군으로 변해 서로가 작업을 시도하라고 권유만 했다. 결국, 성질 급한 내가 일본어 몇 마디가 가능한 조운행 씨를 부추겨 작업에 나섰고, 성공하자 "좋아!"라고 환성을 치면서 난리가 났다. 기모노를 입은 일본 여인과 함께 기념 촬영을 하면서 유람선의 즐거움은 최고의 절정에 달했다. 조운행 씨는 감탄하며 일본어로 예쁘다는 말을 한다는 것이 그만 맛있다고 말을 하는 실수를 범했다. 그녀를 돌려보내고 조규면 씨가 조운행 씨에게 실수를 지적했다.

"처녀보고 '맛있어요, 맛있어요.' 하면 됩니까?"

그제야 우리는 허리를 젖혀가며 박장대소를 하고 시원한 밤바다를 토해냈다. 김보영 원장님은 함께 기념 촬영한 여승무원의 미모에 취했는지, 정종에 묻어온 풍류에 취했는지 벌겋게 달아오른 홍당무 얼굴에 그저 즐거워 웃음꽃이 피어났다. 여승무원들과 기념 촬영을 하면서 고조된 유흥을 쓰다듬고 110분간 일본 배 위에서 高聲放歌, 和氣噴出, 氣盡脈盡했던 풍류의 밤을 남겨두고 衣冠整齊 해서 하선했다. 돌아온 숙소에는 아직 여흥이 남았는데, 박선미 씨가 냉랭한 눈빛과 날카로운 말투로 '톡' 쏘아붙였다.

"선생님! 조별 토론회도 하지 않고 개별 행동하면 안 되잖아요?"

교육 진행자인 학교 측에서 젊은 여성분이 연수에 참관했으니 구렁이 같은 교육생들이 박 선생을 얕잡아보고 예기하지 못한 행동으로 사고가 발생할 것을 염려한 것은 이해가 되지만, 최고의 지성과 교양을 갖추었으며 아버지 같고 삼촌 같은 분들에게 조금은 버릇없는 질타인 것 같아 서걱거리는 기분이었다. 하지만 우리는 개의치 않고 방도혁 주무관과 장민기 이사님을 모시고 교육과정 강사의 자질, 교육 내용, 교육의 일관성과 정부의 정책 방향 등의 문제점과 일본의 농업정책과 농업 조직의 역할과 기능 농업 시스템 등의 차이점, 벤치마킹이 가능한 부분 등 열띤 토론과 건의 사항을 백학정종 잔에 실어 주고받으면서 자정까지 많은 의견을 나누어 조별 토론을 완결했다.

10월 29일 출발 시각을 전달받지 못해 일찍 기상하여 조식 후 여유 시간을 고베역 주변까지 산책하면서 무의미하게 보내다가 Family market에 들렀다. 샌드위치와 여러 종류의 빵, 삼각 김밥과 김밥, 도시락은 물론이고 다양한 인스턴트 식품들과 함께 여러 종류의 주먹밥이 각양각색의 모양으로 포장되어 제법 넓은 매대에 진열되어 120엔 전후로 판매되고 있었다.

매우 특이한 상품이 나의 눈길을 놓지 않았다. 우리나라의 소비자에게 적용할 수 있는 상품인지, 김성수 씨가 말한 새로운 차원의 쌈밥 상품으로 응용할 수 있을지 연구해볼 가치가 있는 것 같았다.

전농 펄라이스 서일본 공장은 도심 한가운데 자리한 RPC였다. 일본의 벼 재배 특징은 같은 품종의 고시히카리라도 산지에 따라 다르게 분류하고, 가격과 품질이 차등화되어 있으며 주정용 벼와 밥쌀용 벼 재배를 구분하고 있고, 농가나 JA에서 현미로 가공한 상태에서 수매하는 것이 우리나라와 차이가 있었다. 시설은 규모나 처리 능력은 작지만, 안성 RPC가 더 첨단적인 장비를 보유한 것 같았다.

나라 현의 동대사로 가는 길목에서 우리는 도로변 파머스 마켓인 미치노에끼에서 점심을 먹었다. 농촌의 국도변에 조성되어 휴식과 관광정보를 안내하고 인근 지역의 농산물을 생산자가 직접 출하하고 잔여 농산물을 수거하는 시스템이다. 판매 금액의 15% 수수료로 운영한다는 미치노에끼는 1,000여 평 될 듯한 부지에 100평 정도 되는 단층 건물로, 안에는 JUSCO보다 아주 싼 농산물과 가공품 판매장, 식당, 관광 안내소(사무실)가 있고, 제법 많은 차량과 손님이 붐비고 활력이 넘쳐 보였다. 활성화된 지산지소 운동과 손님 많은 미치노에끼가 부럽다는 마음을 두고 이번 연수에서 유일한 문화 관광 체험지로 떠났다.

세계문화 유산이며 최대의 목조 건물인 동대사에는 많은 일본인 학생이 수학여행을 온 듯 북적대고 있었다. 기념사진 몇 장만 남기고 휭하니 돌아 나와 도착한 나라 현 생활협동조합연합회/시민생활협동조합 COOP에서는 우리를 환영하는 플래카드를 한글 한 자 한 자를 컴퓨터로 인쇄하여 붙여 만들어놓고 많은 자료를 준비해놓았다. 우롱차와 감잎으로 감싼 초밥 간식과 함께 자리가 준비되어있었다. 나라 현 주민의 41.6%가 가입되어 있고 1974년에 설립된 역사가 깊은 조직이지만, 도심의 대형 매장이 늘어나면서 매출이 줄고 경영이 어려워 3인 이상 그룹에 배송되던 것이 이제는 1인에게도 배송이 늘어나고 있다고 했다. 새로운 유통 흐름의 한 분야를 살펴볼 수 있었으며, 극진한 환대와 많은 회원을 확보하고도 경영이 어렵다는 것이 경이로웠다.

길거리에 서있는 배용준의 광고 사진만 보고도 가족(팬클럽)이라며 흥분을 주체하지 못하던 초로의 생활협동조합 여성 부장은 생활협동조합에서 직접 운영한다는 COOP FOOD MARKET으로 안내하였다. 그곳은 농산물은 JUSCO보다 조금 싸게 판매되고 있었다. 양경미 가이드가 일본 카레가 맛있다고 하니, 금방 동나도록 동기생들은 바리바리 들고 카운트로 몰려왔다. 그렇게 긴 하루의 일정을 오사카 미누 온천에 풀어놓고 유카타를 입고 받은 화식에 정종을 더하고 장 이사가 흥을 돋워보지만 알 수 없는 냉기가 흐르고 하나둘 자리를 빠져나갔다. 빈자리가 치아 빠진 맹구 같았다. 결국, 장 이사도 썰렁한 분위기에 포기를 선언했다.

10월 30일 온천욕으로 연수 마지막 날을 시작했다. 규모가 일본에서 3위라는 오사카 중앙 도매시장에 관한 내용을 한국어로 준비한 DVD와 한국어 자료로 설명을 듣고 작은 가방도 선물로 받았다. 오사카 중앙 도매시장은 양파를 소량으로 망포장하여 박스로 대포장 하는 것과 중앙 시장에서 농산물을 소분하고 소포장하여 도매인이 유통을 주도하는 것이 우리나라와 다른 모습이었다. 그리고 이번 연수 동안 화창한 가을날의 도움으로 칙칙하고 음기가 서려 있고 귀신이 함께 사는 나라라는 일본의 선입감을 지울 수 있어 좋았다.

무엇보다도 우연히 고베항에서 만났을 때 유창한 한국어로 대장금을 200번 보았다고 자랑하던 낚시꾼과 연수 과정에 방문한 기관에서 만난 일본인들 모두 우리를 맞이하고 배려하는 모습이 그 전보다 훨씬 다정다감해 더욱 좋았다. 하지만 aT오사카 지사를 방문하면서 기분은 잡쳐버렸다. 인천에서 출발할 때부터 윤 회장님이 전화하고 약속을 몇 번이나 확인하였는데도 지사장은 자리를 비우고 없었다. 모두 환영할 것으로 기대했는데 동족에게 받은 허탈한 배신감과 미안하다는 말로 약속을 취소하는, 예의마저 무시한 지사장이 준 모멸감은 오물 덩어리를 덮어쓴 것 같이 우리를 불쾌하게 만들었다.

컨베이어벨트를 타고 돌고 돌아가는 초밥은 도톤보리 가게에서 내일도 돌고 있겠지만, 나는 이제 9주차의 교육 끝자락의 시간을 잡고 있다. 드림팀 5조의 정성과 함께하지 못한 미안한 마음을 전할 선물로 무엇이 좋을까 고민하다가 형수님의 빠른 쾌유의 기원을 고운 스카프에 담아 한상황 CEO님께 드리기로 했다. 성수 브라더스가 명품 농산물이 있는지 다이마루 백화점에 들러보자며 앞장을 섰다. 한 알에 5,250엔 하는 신고 배와 1kg에 3,000엔 하는 고시히까리, 두 송이에 5,775엔 하는 거봉 등 최상품 농산물과 농사조합법인 호즈를 보면서 비애를 느꼈다. 일본 연수는 끝이 났는데 더 많은 다른 것과 차이점 그리고 의문과 호기심에 그래도 꺾이지 않은 아집과 독선으로 혼란스러운 마음은 자꾸만 표를 쌓고 있다.

공항 면세점에서 아프고 괴로울 때 눈물을 닦아주는 아버지가 되겠다는 약속으로 미색의 꽃무늬 수가 놓인 손수건을 딸아이 선물로 사고, 떠나올 때 칭얼대던 아내에게는 불타는 내 심장을 뽑아 빨간 스카프를 준비했는데, 내가 내게 남길 선물은 어디에도 없는 것 같다. 콩나물시루에 물 붓는 듯하는 것이 교육이라지만 10주간 무엇을 얼마나 익히고 배웠는지, 옳고 그름의 기준도 모르겠고, 처음의 용광로 같은 열정과 불굴의 패기는 남아있기나 하는지, 어디에서 어디로 가고 있는지, 지금 무엇을 하고 있는지 의식도 없이 이제 잊어버린 하얀 기억으로 내일을 그리는 어리석은 사람으로 남아있다.

제2장

탐방기

1

색깔 있는 농업

오늘도 물가 상승의 주범으로 딸기와 토마토가 9시 뉴스의 메뉴로 어김없이 올랐다.

세상에서 가장 약자로 살면서 세상 모두에게 건강한 삶을 제공하는 우리 농업인이 이렇게 매도당하고 있을 때만큼 자존감에 큰 아픔을 느낀 적이 없다.

그렇다고 농업을 모르는 이들에게 설득하려는 노력이 부족했다기보다는 관심 없는 이들이 먼 산을 보고 딴전부리는 데 애걸하는 농업의 목소리가 들릴 리가 없다.

그래서 대구광역시 품목별 연구 연합회 대의원들과 2박 3일 아열대 농업을 연구하고 있는 제주도를 탐구하기로 했다.

우수한 농산물을 생산하기 위해서는

1. 품종
2. 재배 기술
3. 환경(광, 온도, 토양 수분함량)
4. 비료의 성분 함량이 중요한데

추비로 사용할 퇴비차 만드는 법과 활용법을 현해남 교수님에게서 가르침도 받고, 감귤 체험 농장 서귀포 농업기술센터에서 망고, 바나나, 아보카도 등 아열대 과일의 특성과 제주의 재배 현황도 알게 되었다.

지구온난화로 우리나라의 기후도 아열대기후로 변하고 있다지만 혹한과 폭염이 심화되고 있어 아열대 작물을 생산하기 위하여 시설 하우스 재배를 하지만 과도한 유지 관리비로 채산성 없는 농업이 되고 있다는 농업기술센터 지도사님의 말씀에 고개를 끄덕이고 말았다.

『산가요록』「동절양채」 편에서 보듯 독일 온실보다 170년이나 앞선 세계 최초 한지 온돌온실은 서귀포 농업기술센터 전망대로 덩그러니 자리 잡고 있다.

숙종 때 한지 온실의 방풍림으로 심어졌던 해송 중에서 곧고 좋은 소나무는 목재로 벌목되었고, 못생기고 휘어진 해송 두 그루가 320년 전 발상의 전환으로 전설이 된 한지 온돌온실의 쓸쓸한 이야기를 담고 있다.

함께한 대의원님들도 고비용 투자를 요구하는 열대작물 재배의 모험은 관심을 잃은 것 같았다.

나 또한 시설 채소를 재배하는 입장에서 품목 전환에 관한 관심보다는 바람 많고 폭우가 쏟아지는 제주의 시설 하우스 제작과 농자재에 관심을 두었다. 해풍에 포함된 염분과 빗물에 부식을 막기 위한 코팅사철, 코팅 패드 그리고 개폐기 마찰에 마모되는 피복비닐 마찰부위 보호대 등은 오래가는 피복비닐 사용 시에는 필히 도입되어야겠다.

서울에서 교수 생활을 접고 6년 전 제주에 와서 마늘밭에 커피나무를 심고 카페를 열었다가 망해서 죽을 고생하고, 커피 와인, 커피 코냑으로 대박 터뜨렸다는 커피 와인 체험 사장님 발상의 전환과 6차 산업의 역설이 변덕스러운 제주 날씨만큼이나 내 마음도 갈등으로 갈팡질팡하고 있다.

그래도 틈새 농업으로 가능성을 엿볼 수 있는 것은 한반도에 상주한 동남아 근로자들의 식생활을 공략할 수 있는 아열대 채소가 아닐까 생각해본다.

대의원 간담회에서 대구광역시 품목별 연구 연합회의 구심점을 위한 발전 방향으로 친환경 학교급식, 로컬 푸드, 공동판매를 위한 준비를 하자는 의견을 교환하는 것에 불과했지만, 향후 구성될 임원들의 과제를 남기는 결과물도 생성하였다.

앞으로 한울이 추진할 농업인 훈련원(농부학교), 농촌 체험 학습, 로컬 푸드 매장(유통), 인문학 카페 운영 사업 설명회를 하고 동참자를 모으고 싶었으나 우리 대의원님들의 절박함이 아직은 부족한 것 같아서 다음 기회로 미루어두었다.

팔공산

"자연의 싱그러움을 그대로"
주문 당일 수확하여 발송합니다!

ㄹ

구지송

오월은 연둣빛이 익어가는 신록의 계절이다.

연둣빛은 희망과 꿈의 빛깔로 표현되기도 한다.

그래서 내가 제일 사랑하는 빛깔이다.

아카시아꽃 향기가 어두운 밤기운을 타고 가슴 깊이 스며드는 어느 날이었다.

어린 시절 산골 소년이 되어 추억의 감성으로 헤매고 있을 때, 친구의 문자메시지가 나의 마음을 흔들어놓았다.

영농철이라 눈코 뜰 새 없이 바쁜 일상이지만 짬을 내기로 했다.

초등학교 시절 소풍 갈 준비하듯이 친구들과 나누어 먹고 싶어서 우리 농장의 유기농 대추토마토와 오이를 준비를 했다.

오전 10시, 봉무 공원 주차장에서 3학년 3반 동창 19명이 모였다.

반가운 얼굴들은 40년 세월을 건너왔어도 학창 시절 천진함이 되살아났다.

처음 등장한 근호는 군기반장을 자처하듯 유난히 목소리 톤이 높고 말이 많았다. 통제와 리더십이 부족하다는 근호의 투정에 경학이는 제멋대로 살아온 지천명인데 누구 말을 듣겠냐고 해서 동창들의 웃음으로 공감을 얻었다. 섭씨 30도를 웃도는 초여름 날씨였다.

하지만 그리 가파르지 않은 등산로는 아카시아나무와 참나무, 소나무가 그늘을 드리우고 신선한 자연의 품으로 우리를 반겨주었다. 전령으로 앞서간 의철이와 창수를 만난 첫 번째 쉼터에서 상선이가 특별히 준비한 족발을 안주 삼아 감 막걸리로 체력과 재담을 충전했다.

영대는 일찌감치 등산을 포기하고 하산 장소에서 기다린다고 했다.

앞서거니 뒤서거니 등산 대열이 늘어지면서 정희와 나란히 걸었다. 어린 시절 같은 고향, 동문으로 한 교실에서 동문수학한 우리지만 40년 너무나 다른 길을 살아오면서 소설 같은 인생사를 엮어 왔구나!

하늘의 뜻을 알아듣는다는 지금 이 자리에서 전문가로, 성공한 사업가로, 또 다른 야망을 꿈꾸는 야심가가 되어있더라도 모두가 원하는 것은 행복이었다.

아홉 가지를 가진 구지송처럼 같은 곳에서 동문수학했지만, 각자의 하늘을 향해서 우리는 긴 세월 자신을 만들고 가꾸어왔다. 인생의 가치관이, 성공의 가치관이 각자의 바람만큼이나 다르지만, 어떻게 사는 것이 잘 사는 방법인지, 행복한 삶이 무엇인지 적립되어있었다. 이제는 친구와 함께 걸을 수 있고, 함께 웃으며 지난 추억을 나눌 수 있어 행복하다.

예상보다 한 시간 연장된 세 시간의 여정으로 단산지를 돌아 나비생태공원을 스쳐 지나오면서 오늘 산행을 마무리했다. 산행의 갈증을 시원한 맥주 한 잔으로 날리고, 호기와 객기로 전원식당은 늦은 점심을 차렸었다.

친구여! 베이비붐 시대 중심축에 있는 우리의 인생사는 시련과 고통이 많았던 만큼 짜릿한 스릴과 추억이 아름답지 않은가? 저 멀리 유유히 굽이 도는 금호강처럼 자네는 그 자리에서, 나는 이 자리에서 자기 세상을 꾸며보세. 친구의 자리가 비어 내게 슬픔이 오지 않게 건강 챙겨주시기를 부탁함세. 그리고 오늘 추억 만들기에 수고한 남표와 상선이에게 감사의 박수를 보낸다.

ㅋ

구사일생

왕건길 보존회 회원으로서 의무감 때문이었을까?

이번 구사일생길 탐방마저 참석하지 않으면 미안하고 죄스러운 마음에 다음부터는 참여가 더욱 어려울 것 같았다. 그래서 물병과 얇은 배낭을 챙겨 길을 나섰다.

꽤 많은 인원인 46명이 왕건길 탐방 행사에 참여하였다.

오늘 왕건길 탐방은 고려 태조 왕건이 도망친 길을 역순으로 걷는 탐방길이다.

"등잔 밑이 어둡다."라는 속담처럼 타 지역의 명산을 찾고 외국 여행은 돈 들여 하면서 언제든지 마음만 먹으면 되는데 지척이 구만리라고 하더니 건강과 심신을 단련할 수 있는 명산, 팔공산자락에 터를 잡은 지 20년이 지났는데도 팔공산을 등반한 것은 손가락을 꼽을 정도뿐이다.

후삼국 시대 고려 태조 왕건이 파군제에서 김낙 장군과 신숭겸 장군을 잃고 황급히 도망치다가 옷매무새를 고치고 안심 지역으로 빠져나와 겨우 목숨을 구했다는 구사일생길과 가팔환초길이다.

동곡지에서 초례봉까지는 7km라고 했다. 구사일생길이 초행이라서일까 아니면 왕건길 보존회 회원 중에 낯익은 분이 적은 탓일까? 약간은 어색하고 뻘쭘한 듯 했지만, 신선감과 호기심에 앞사람을 따라 부지런히 걸었다. 산행이 쉽지 않음을 가르치고자 한 것인지 처음부터 가파른 길은 가쁜 호흡을 뿜어냈다.

한고비를 넘겼다 싶었는데 우리 바로 앞 그룹이 선행자의 꼬리를 놓치고 대열에서 이탈했다.

앞사람의 뒤꽁무니만 따라가던 우리는 산 구렁 가시밭에 버려졌다. 산속에서 길을 잃었으니 난감한 상황이었다. 우왕좌왕, 설왕설래하던 우리는 산 능선을 찾기로 했고, 내가 길 트기에 나섰다.

10여 분 동안 가시넝쿨과 숲속을 헤맨 끝에 겨우 길을 찾을 수 있었다. 무더위에 조급한 마음까지 더했기에 땀은 비 오듯 쏟아져 내렸다.

"식겁은 겁도 아니다."라는 농담이 나오는 걸 보니 모두 안정을 찾은 것 같았다.

그리고 대열을 이탈시켜놓고 도망치듯 사라진 일행에 대한 질타가 쏟아지고, 불만 속에 등산로 이탈 방지책이 나왔다. 왕건길 보존회 리본을 만들어서 왕건길을 탐방할 때 탐방 대장(선두자 또는 그룹)이 갈림길이나 다른 길로 접어들기 쉬운 곳에 리본을 달자는 것이었다. 그렇게 하면 덤으로 왕건길 보존회 홍보도 가능할 것이라는 의견이었다.

상큼한 산바람이 내 품에 안겨왔다. 뒤따라온 더덕 향기가 시샘하며 코끝을 자극했다.

행복감이 돋아났다.

패전하고, 수족과 같은 명장까지 잃고 허겁지겁 도망치다가 겨우 한숨을 돌린 1,000년 전 태조 왕건도 여기쯤에서 '휴우' 하고 한숨 쉬며 안정을 찾았을지도 모르겠다.

그런 엉뚱한 생각을 하며 걷는데, 뿌리가 뽑혀 쓰러진 아카시아나무에서 새순이 돋아나 자라고 있었다.

아카시아나무는 생명력이 아주 강해서 구사일생이란 단어를 붙이기는 부족한 듯했다.

하지만 참나무가 뿌리째 뽑히고 부러지고 꺾여졌는데도 다시 살아나 하늘을 향해 곧게 자라고 있었다.

구사일생길로 초례봉을 향하는 산행은 풍광도 걸출하지 못하고, 등산 코스로도 조금은 부족하고, 올레길로는 가파르다는 생각을 했었다. 산행의 맛이 밋밋한 길이라면 구사일생 참나무로 이름 짓고 호기심을 자극하는 이야기와 전설이 있는 등산로를 꾸며 볼만도 하지 않은가?

표지석과 이정표에도 지명에 대한 유래와 역사 등을 발굴해서 획일화된 모습보다는 지역의 특성과 지역명 유래를 형상화한 모양으로 표현하면 볼거리와 재미있는 왕건길로 새롭게 탄생할 것 같다는 생각을 해보았다.

산은 정복하는 것이 아니라 오르는 곳이고, 오르기 위해서 산행을 하는 것이라고 했다.

그래서 산행을 하다 보면 오르막길이나 정상을 오를 때보다 하산하거나 내리막길에서 사고가 자주 발생한다. 이러한 자연의 원리는 우리네 인생사에도 변함이 없는 것 같다.

사회·경제 상황도 인플레이션보다 디플레이션을 잡기 어렵고, 높은 지위에 오르고 직책을 수행할 때의 어려운 역경을 극복하는 것보다 그 지위에서 물러날 때나 직책을 내려놓고 나서 수난을 당하지 않기가 더 힘들기는 마찬가지인 것 같다.

그래서 자연과 몸으로 대화하고 숲의 향기로 사색하는 웰빙과 힐링 시대에 나타난 것이 올레길이라고 생각하고 있다. 그렇다면 하산하는 길로 만난 가팔환초길은 너무 가파라서 등반하기에는 숨 가쁜 길로만 이어지고 하산길로는 관절에 심한 부담감을 주는 코스임에는 틀림이 없었다.

그래서 수평에 가까운 완만한 길과 오르막길이 반복되는 등산로 개발이 필요할 것 같았다.

가팔환초길을 내려오니 경북대학교 대구학술림이 있었다. 잠시 취한 휴식에 많은 재담을 자연에 담아서인지 더 즐겁고 신나는 하루의 추억이 쌓여 모두가 즐거운 얼굴이었다.

왕건길 보존회 유근호 회장님을 비롯한 부회장님, 총무님, 구수한 된장국으로 점심 밥을 제공해주신 감사님, 그리고 왕건길 보존회 카페지기 님을 비롯한 임원진 여러분 수고하셨습니다. 고맙습니다. 감사합니다.

4

용호상박길

팔공산 왕건길 탐방기 3

입추가 지난 지 오래인데, 섭씨 37도를 넘나드는 폭염은 며칠째 지속되고 있었다.

아마도 계절이 오다가 아베의 망언에 유혹되어 되돌릴 수 없는 과거로 돌아가려고 뒷걸음질 치다가 더위를 먹었나 보다. 나는 철(계절) 잃은 더위를 핑계로 게으름을 키우고 있는데, 팔공산 왕건길 보존회 임원진은 폭염 속에 팔공산 왕건길 탐방을 계속 진행한다고 했다.

기회를 놓치면 팔공산 왕건길 보존회 회원들과 함께한 왕건길 탐방기 최종회를 쓸 수 없기에 우려와 걱정을 앞세우고, 얼린 생수병을 들고 왕건길 탐방에 나섰다.

출발은 먼저 용수동 부남교에서 열재까지 4.5km 구간의 열린 하늘길로 해발 520m 거저산 정상을 향해 산길 따라 걸어야 했었다. 해발은 비록 낮았지만 가파른 산길은 우리를 쉽게 허락하지 않았다.

하지만 비탈진 오솔길만큼 가쁜 숨소리를 들이키고 뿜어내면서도 발끝으로 올라오는 솔가리의 촉감과 흙내음에 취해 모두가 즐거운 얼굴이었다.

소나무로 둘러싸인 길은 드리워진 나무 그늘로 소나무 터널을 만들어 주었으니 섭씨 35도의 폭염을 가려주기에 충분했다. 그렇게 이어진 왕건길 탐방로 숲길은 이름 모를 산새 소리와 매미들의 협주곡이 귀를 열어주었고, 상큼한 골바람은 행복한 내 가슴에 안겨서 이어지고 있었다.

갑자기 멀었던 눈이 트이고, 아름다운 음률을 가진 산새들의 협주곡이 멎은 자리에 하늘이 열렸다.

뻥 뚫린 숲길 사이로 한가득 하늘이 열렸다. 모든 감각이 하늘로 뻗은 그곳에 하늘 마루가 있었다.

제왕봉과 미타봉, 삼성봉, 관봉이 한 눈에 잡히고 옹기종기 앉아 도란도란 정담을 나누는 촌락의 풍광이 단원 김홍도와 겨루어보자고 산수화 한 폭을 펼쳐놓았구나!

가슴 탁 트이는 이 기분 때문에 사람들은 이렇게 땀을 쏟으며, 가쁜 숨을 몰아쉬면서 타박타박, 한 계단 한 계단을 밟아서 산을 오르고 있는 것인가 보다. 또다시 이어지는 숲 터널은 더할 나위 없이 참 좋다.

척박한 솔가리와 햇살 없는 음지에서 나 홀로 꽃으로 고운 자태를 자랑하는 원추리의 대견스러움에 마음을 두고 돌아서는데 허허, 이것이 웬일인고?

아뿔싸! 누구의 버려진 양심인가? 주인 잃은 양심이 추하게 앉아서 주인을 찾는 모습이 싫었다.

왕건길에 어김없이 출몰하는 약초꾼이 만들었을 듯한 헛길에 골난 사람이 버린 화풀이인가?

거저산의 정상을 지나 왕건길을 열면서 목재로 조성한 하늘 다리까지는 완만한 내리막길로 이어진 숲길이었다. 대구 시가지의 조망뿐 아니라 소나무 터널 사이로 간헐적으로 나타났다기 숨어버리는 촌락과 어우러진 풍광이 마냥 정겨운데, 시샘하는 산모기가 흡혈귀처럼 달려들어 훼방을 놓았다.

어느새 세 그룹으로 나누어진 행렬은 기다려도 오지 않는 뒤처진 일행을 두고 열재를 향하여 다시 걷기 시작했다. 성벽능선길을 따라 피톤치드 힐링으로 산림욕을 즐겼다.

그때 그 순간만큼은 스트레스도, 걱정도, 부질없는 생각마저도 다 내려놓은 채 무념무상의 행복한 걸음으로 팔공산 정기를 품어보았다. 아쉬움이 있었다면 공산 산성의 희미한 흔적도 알 수 없음이었다.

아카시아꽃이 만발한 오월에 걸으면 꽃향기에 저린 몸으로 한평생 향기나는 삶이 될 것 같은 아카시아나무와 떡갈나무로 그늘이 드리워진 숲속 길이 열린 하늘 길이었다. 열린 하늘 길을 따라 걷는 왕보회 회원들은 긴장을 많이 한 덕인지 아니면 우거진 활엽수와 소나무의 피톤치드 때문인지는 모르겠지만, 지난번 고진감래와 묵연체험길보다는 이구동성으로 수월하다고 했다.

나 역시 상쾌한 산바람이 그저 반가운데 땀까지 훔쳐가니 신선도 부럽지 않구나!

"늑대, 여우, 멧돼지가 많아 사람을 해치는 일이 잦았지만, 아이들은 솔잎 묶음이나 관솔의 불을 빙빙 돌려 안전하게 재를 넘었다. 열재에 도착하면 허기에 지친 손자를 위해 할머니께서 기다리시다가 주전자에 밥을 말아 먹여주기도 했다."

이렇게 노태우 전 대통령의 회고록이 새겨져 있는 열재는 예부터 산세가 험하여 사나운 산짐승인 늑대와 여우, 멧돼지 등이 자주 출몰하고, 산적들이 많아서 산 아랫마을에서 고개를 넘는 행인이 열 명이 모일 때까지 기다렸다가 열 명이 되면 함께 고갯길을 넘어야 안전할 수 있다고 하여 붙여진 이름이라고 했다.

숲 터널로 이어지다가 하늘이 열리고 다시 숲속으로 스며드는 열린 하늘길과는 다르게 용호상박길은 넓게 닦아진 산림 임도로, 4.3km 전체 구간이 햇살을 받으며 걸을 수 있는 길이었다.

따사로운 봄날에 연인이나 어린 자녀와 함께 올레길로 추천하고 싶은 길이다. 그래서 그런지 대구 올레길과 겹치는 길이기도 했다.

팔공산 왕건길 전망대 조망 포인트의 도움으로 왕건길은 물론 팔공산 전체를 살펴볼 수 있어서 무척 좋았다. 그리고 이어진 만디 체육시설에서 물 한 목을 마시고 후미 그룹을 기다려 보았지만, 소식이 없었다.

만디는 경상도 방언으로 꼭대기와는 다른 의미로 높은 곳에 있는 평평한 지대를 말한다.

무소식이 희소식이라고 산불 예방과 산림 병충해 방제 육림 사업으로 산림 보호와 관리 목적을 위한 기반 시설이 조성된 임도를 따라 내려서니 코스모스가 팔월의 태양으로 불사르는 열애 속에 가을을 숨겨둔 순백의 빛깔로 나를 부르고 있었다.

공산댐이 만들어지않았을 서기 927년 공수전투 당시에 지묘동에서 미대 백안동으로 이어지는 길은 협곡은 매복병의 부담으로 제쳐놓고, 후백제 견훤 왕은 대곡지와 원모재로 이어 내동에서 지묘동으로 이어지는 용호상박길을 택하여 고려 왕건 군대의 후미를 쳐 파군재에서 고려군을 괴멸시킨 것일까?

무태에서 고려군과 후백제군이 동변동과 서변동으로 나누어 진을 치고 전투하다가 퇴각하는 후백제군의 계략에 걸렸던 고려군이 4.3km에 달하는 협곡에 유인되어 매복군에 의해 전기를 잃고 쫓겨 파군재에서 괴멸된 것인지는 알 수 없으나

나무 그늘 하나 없이 이어진 임도는 한여름의 열기를 거침없이 쏟아내었다.

장절공과 김락 장군처럼 나는 심신을 불사를 열정과 목표를 가지고 살아왔는지 자문도 하고, 팔월의 태양을 피해서 그늘 길 찾아 걷다가도 작열하는 태양처럼 더 센 열정으로 따가운 가시를 키우지는 않았는지 뒤돌아보는 묵연으로 긴 협곡을 빠져나오니 기와집 한 채가 발길을 잡았다.

임진왜란에 민심을 일으켜 의병을 이끌고 왜병을 물리친 의병 대장 한천공의 충절을 기리기 위하여 창건한 원모재였다. 숙연해지는 자리에서 왕건길 탐방을 마치고 들여다본 내 생각은 비록 역사적인 인물은 되지 못 했지만, 지천명을 살아오면서 주어진 내 역할에서 조금은 과욕도 부려보기도 하고 때로는 남의 귀감이 되기도 했으니 이제는 나에게 여백이 있는 삶을 가르쳐야겠다는 것이었다.

감사합니다.

2013년 8월 17일 한울 쌈 이야기

팔공산 왕건길 체험 행사

5

팔공산 왕건길 탐방기

처음이란 설렘과 호기심을 가지고 있다.

그리고 추측의 선입견과 희망 사항으로 콩깍지를 씌워두고, 자기 멋대로 의미와 기대 심리를 부여한다. 그러다가 하나둘 베일이 벗겨지면 실망감과 배신감으로 허탈해하는 경우가 우리네 삶 속에는 허다하다.

그래서인지 베일에 가려진 얼굴과 보일 듯 말 듯 한 나상이 더 애간장을 녹이듯이 고진감래길의 깔딱재와 돼지코에는 재미나는 이야기가 묻혀있었을 것 같았다.

일기예보는 삼복더위를 알리는 폭염 경보에 선뜻 내키지는 않았지만, 아내가 싸준 김밥을 들고 팔공산 왕건길 탐방길에 합류를 했다.

평광동 시내버스 종점에서 매여동 시내버스 종점까지 이어지는 팔공산 왕건길과 호연지기길은 일부 구간이 사유지를 통과해야 하는데, 지

주가 철조망으로 폐쇄하여 오늘 일정을 변경했다는 집행부의 안내가 있었다. 아마 지각없는 행인과 등산객들에 의해 농가에 피해가 있었나 보다.

팔공산 왕건길 보존회 유 회장님은 부인의 수술 일정으로 불참하게 되었으며, 신임 공산동 오 동장님을 소개하는 이대근 전임 동장님의 인사말로 팔공산 왕건길 제5구간 고진감래길 탐방을 시작했다.

▲ 걷기운동본부 회장님의 스트레칭 지도에 따라 몸을 푸는 왕보회 회원 43명

이 삼복더위 폭염에 무엇이 팔공산 왕건길 보존회 회원들을 불러냈을까?

팔공산 왕건길 보존회 임원진(집행부)의 열성일까?

아니면 성현들의 가르침처럼 왕보회 회원님의 열정이 이열치열로 지글거리는 폭염을 녹이고 여름 산행을 이끌어냈을까?

의외로 43명이라는 많은 회원님이 참여하셨다.

돼지코

임도로 시작되는 왕건길을 걸으며 평광지와 새터마을을 지날 때까지 왕보회 회원이며 문화해설사인 채 선생의 설명으로 평산 신씨 모영재 그리고 동수전투에서 패전하고 쫓기던 왕과 나무꾼의 주먹밥 설화가 있는 그곳, 왕을 잃었다 하여 실왕리라 불리던 마을이 이조에 이르러 혐오스럽다고 실량리로 고쳐 부르게 되었다는 마을의 유래와 위치를 들을 수 있었다. 평광동은 100년 된 홍옥나무와 깊은 골짜기 사이로 펼쳐진 사과밭이 대구 능금의 명맥을 잇고 있었다.

이곳은 패전한 왕의 도주로를 따라 형성된 올레길이다.

왕건은 동수전투의 참혹한 패전을 극복하고 훗날 후삼국을 통일한 고려 태조로 추앙을 받게 되었고, 많은 일화를 남겼다. 그렇다면 팔공산 왕건길은 이러한 일화가 서린 전망대 또는 표지석을 만들어 잠시 휴식과 역사를 배우는 재미를 보태주면 좋지 않을까?

첫 시작부터 가파른 등산로여서 헐떡거리는 숨을 가쁘게 몰아쉬며 구슬땀을 흘려야 했다. 그렇게 한바탕 땀을 쏟으며 능선을 따라 오르자 솔밭이 끝나고 참나무 숲이 완만한 경사를 만들며 산들바람을 안겨주었다. 초년고생은 사서도 한다더니, 활엽수림에서 뿜어지는 신선한 산소가 가슴을 뻥 뚫어놓았다.

그리고 또다시 이어지는 아카시아 숲은 돼지코까지 이어지고 있었다.

오월에 아카시아꽃이 피었을 때를 생각하니 벌써 아카시아 향기가 진동하는 것 같았다. 팔공산 왕건길 5구간은, 아카시아꽃 필 무렵이 올레길로 제격인 참다운 고진감래길이 될 것 같았다.

▶ 떡갈나무의 큰 그늘을 자랑하며 올레객이 쉴 수 있는 통나무 의자라도 있으면 좋지 않겠느냐며 왕보회 회원님들이 팔공산 왕건길을 탐방하고 많은 아이디어와 건의 사항의 발굴을 독려하시는 고문님.

무전기 세 대를 준비하여 선두와 중간, 후미로 나누어 이탈과 낙오에 대한 준비를 했는데도 갈림길에서 산 대장의 실수로 깔딱재를 코앞에 두고 선두가 다른 길로 접어들고 말았다. 다행히 중간 그룹 걷기운동본부 회장님의 해안으로 깔딱재를 찾았기에 더 이상의 이탈을 막을 수 있었다. 그래서 갈림길 길목에는 이정표가 있어야 하는가 보다.

일제강점기 때 장터마을에서 시장을 보고 돌아가던 가파른 고갯길로, 평광 사람들에 의해 생겨났을 법한 깔딱고개는 이름만큼이나 숨이 넘어갈 듯한데 깔딱고개의 설화는 알 수 없었다.

하지만 고진감래길은 양파 껍질처럼 깊이를 알면 알수록 매력이 넘친다. 설화와 긴 활엽수길에 간편한 쉼터를 만들어 올레객들에게 여유를 나누어줄 수만 있다면 더할 나위 없이 좋은 올레길이 되지 않을까 하는 생각을 해보았다.

동화천 바람개비길을 따라 펼쳐진 팔공산 왕건길 제4구간 문화예술길은 돌 공원과 방짜유기 박물관으로 이어지고 있었다. 한여름의 정오를 지난 태양은 시멘트 바닥을 달구는 데 충분했다. 시멘트 길에서 뿜는 복사열은 연신 흐르는 땀을 바쁘게 훔치도록 했다.

개울을 따라 내려온 골바람을 맞는 바람개비의 낭만도, 돌에 새겨진 시 한 구절도 음미하고 느낄 여유를 잃고 있었다. 복사열이 불러온 더위가 감성에 젖을 틈을 주지않고 땀으로 심신을 적셔주었다.

방짜유기 박물관 앞에서 점심을 먹고, 지난밤의 과로와 체력에 무리를 느끼는 왕보회 일부 회원이 빠졌다. 나머지 회원 26명으로 팔공산 왕건길 제3구간 묵연체험길에 오르기로 했다.

땀 한 방울이라도 나누어주고 싶은 갈증으로 애원하는 밭두렁을 지날 때는 하늘의 구름도 비껴 앉아 강한 자외선을 온몸으로 받으면서도 물넘재에 대한 궁금증은 증폭되기만 했다.

물이 넘어가는 재여서 물넘재일까?

아니면 물을 지고 넘어야 하는 재라서 물넘재일까?

이도 저도 아니면 물넘재에는 어떤 설화를 지니고 있을까?

물넘재에서 능선을 타고 가는 묵연체험길은 소나무와 솔가리가 융단처럼 펼쳐있는 솔밭으로 이어지면서 피톤치드를 무한정으로 뿜어내고 있었다.

가파른 언덕길을 돌아서니 완만한 경사의 오솔길이 자연 선풍기로 우리를 반겨주었다. 솔바람은 우리에게 산림욕을 즐길 수 있게 하고, 스트레스 호르몬(코르티솔)을 감소시켜 심신을 안정시켜주는 피톤치드로 14km의 여름 산행에서 쏟은 땀만큼이나 행복을 채워주고 있었다.

우리 행렬의 속도가 조금씩 느려지고, 다리에도 피로가 쌓여가고 있을 무렵 발목을 잡는 발바닥바위가 있었다.

여기쯤에서 발 마사지라도 하면서 쉬어가라는 뜻일까? 누군가 긴 여로에 지쳐서 이 길을 걸어오다가 발이 하도 무거워 두고갔는데 바위로 굳어 발바닥바위가 되었을까? 혼자의 망상으로 피식 웃음까지 흘리면서 즐거운데,

이대근 전임 동장이 왼쪽 장딴지를 쥐고 주저앉았다. 체력에 무리가 간 듯 다리에 쥐가 난 것이었다. 산에서 응급처치는 무조건 구강 호흡뿐이라고 하던 농담은 사라지고, 긴장감이 도는 순간 고문님의 응급처치로 이 전(前) 동장님은 일어날 수 있었다.

'통시바위'라는 특별한 이름을 가진 바위에서 거시기 자세를 취해보려 했는데 가랑이가 짧아서 포기했다.

그리고 만난 한 폭의 동양화 같은 자연의 침묵으로 자아 성찰의 시간을 가져보라는 S형 솔밭길이 펼쳐지는 묵연체험길로 접어들었다.

사실 묵연체험길을 걸으며 감탄을 거듭하면서도 그동안의 쌓인 피로 때문에 자아 성찰의 시간보다는 무념으로 걷고 있었다. 묵연의 길이 끝나고 묵연이라는 돌 비석 앞에 와서야 침묵하는 자연으로 오늘 하루 흘린 땀방울이 아름다운 여름 산행의 추억과 왕보회의 행복을 충전하고 있었다.

7월 20일 현경의 팔공산 왕건길 탐방기

6

가을 여행 대부도

바쁜 바인더 소리만큼이나 농촌의 가을은 부지런히 움직이고 있다.

오곡이 익어 풍요로운 들판은 황금물결로 넘쳐나고, 차곡차곡 쌓이는 곳간만큼이나 넉넉한 마음으로 가을은 익어가고 있었다.

곱게 물든 가을이 반백의 머리를 숨겨둔 나를 부르고 있다.

아직은 인생의 가을걷이를 논하기는 이르지만 연초 나는 '일과 열정으로 메워진 내 인생에게 여백의 풍류를 가르쳐야겠다.'라는 올해의 목표를 세웠었다.

그리고 일을 하나하나 내려놓고 나에게 시간의 여유를 할애할수록 여백의 풍류보다는 빈 가슴의 허전함으로 두근거리는 마음은 종잡을 수 없다.

지천명의 나이를 훌쩍 넘어서 맞은 가을이기에 더 감성적인 가을 남자로 변한 탓일까?

여성들은 7년 주기설인 신체변화론으로 우리 나이에 갱년기가 있다면 남자들에게는 사추기(思秋期)가 있다더니 갑자기 주어진 여유로운 시간이 부담스럽고 어색하기 그지없다.

생활 리듬이 흐트러지고 생체리듬마저 불규칙으로 엇박자가 나서 더 그런 것일까? 높은 자리 아파트에서 내려앉아 땅바닥의 주택으로 생활을 바꾸어도 불안하기는 마찬가지였다. 그래서 삼삼회 가을 여행을 따라나섰다.

된서리가 내린 새벽을 깨워서 나는 첫차(지하철)를 타고 만나 친구를 옆자리에 두고 부딪치는 어깨가 부담스러워 내외하다가 유리창에 비친 내 얼굴을 본 인숙이가 어이없는 웃음으로 반가움을 툭 쳐주었다.

썰물과 밀물에 따라 길이 열리고 닫힌다는 제부도는 넓은 뻘과 긴 백사장으로 해수욕장이 있어 유명한 곳으로 팔구십 년대 엉큼한 청춘남녀의 연애사로도 이름난 데이트 장소라니 궁금도 했다.

네 시간이 넘는 장거리 여행에 음주 가무로 흥을 돋우고, 안주로 받은 메밀묵 한 접시에 어린 날의 배고픈 추억이 피어나고 있었다.

천수답에 석삼년을 가뭄으로 메밀을 심고, 조밥과 메밀묵으로 끼니를 채웠던 베이비붐 시대인 우리 세대가

세계 12위의 무역대국으로 성장하는 격동기를 거쳐왔는데, 피죽도 먹지 못해 굶어 죽는 사람이 있던 시대에서 지금, 틈새 농업으로 피 농사를 지어 대박을 터트렸다는 뉴스가 있다고 이야기하는 친구의 행복한 얼굴이 대견하고 자랑스러웠다.

뼈 있는 농담 속에 웃음은 꽃피지만, 이제는 자녀들의 혼사 걱정과 손자와 손녀의 기다림이 가을을 닮아야 할 텐데….

왕건길 보존회에서 만난 야산 선생님의 말씀 중에 등산의 법칙이 있다.

"산을 오를 때는 발만 보고 걸어라."

"그리고 주변의 풍광과 자연을 즐기려면 걸어온 길을 돌아보아라."

인생살이 또한 이와 같지 않을까 생각해본다.

친구나 나나 그 누구 할 것 없이 가난한 농부의 자식으로 태어나 이날 이때까지 세상 풍파 헤쳐가며 각자의 자리를 만들기 위해 열심히 앞만 보고 살얼음판을 걷듯이 옆눈 한 번 돌리지 않았기에 오늘을 함께하면서 학창 시절의 추억으로 행복을 수확할 수 있었으리라!

친구야! 우리 각자의 자리에서 참 열심히 살아왔지 않니?

이제는 가끔 뒤돌아보는 여유로 지나온 추억을 한 줌씩 꺼내보면서 웃음도 나누어보고 싶다.

인생의 가을이 끝나면 잘난 사람도 못난 사람도 없고, 가진 자나 없는 자나, 배운 자나 무식한 자나 할 것 없이 모두가 같아진다더라.

지금처럼 건강 잘 챙겨서 내게 슬픔을 전하지 않아 감사하게 하고, 혹여 내가 친구의 자존심에 상처를 주었다면 가을을 닮은 마음으로 용서하시게나. 35년 혹은 40년의 단절된 시간을 "친구야, 반갑다!" 한마디로 삭혀버리고, 어색함도 없이 와락 껴안아 체온을 나눌 수 있는 행복은 우리 동창만의 특권이지 않겠니?

가을 여행에 동행한 서울 친구들의 반가움에 취하고,
깊숙이 숨겨둔 학창 시절의 추억으로 행복에 취하고,
친구가 권하는 소주잔에 취해서 기쁨이 춤추는 제부도의 한나절이 되었다.

가을 타는 남자의 마음을 훔쳐가 사추기를 앓고 있는 나에게 사춘기의 첫사랑 같은 설렘과 짜릿한 가을 여행을 마련해준 서울 친구들과 경표, 종복이에게 감사의 박수를 보낸다.

다음 만남에도 우리 인생의 가을을 즐기면서 잘 가꾸어서 아름다운 만남이 되었으면 참 좋겠다.

ㄱ

대한민국 스타팜 우수 농가 탐방기

- 국립농산물품질관리원 블로그 글 -

✐ 친환경 농업 지구에 위치한 대한민국 스타팜 한울 친환경 영농조합법인!: 스타팜 우수 농가/업체 소개

도시와 농촌이 공존하고 있는 대구 팔공산 미대동에 있는 한울 친환경 영농조합법인에 다녀왔는데요. 전국에 있는 42만여 농장업체 중 타의 모범이 되는 대표적인 894개소에 뽑힌 대한민국 스타팜 중 한 곳으로, 마을 전체가 그린벨트, 상수도 보호구역에 포함되어 있어 청정한 자연이 그대로 보존된 전형적인 농촌 마을이라고 합니다.

채소 부분 신지식인으로도 선정된 한울 친환경 영농조합법인 곽해묵 대표를 만나서 더욱 자세한 이야기를 들을 수 있었습니다.

이곳 한울농원은 97년부터 무농약으로 인증을 받아 대구에서 친환경 농업을 최초로 시작한 곳이라고 합니다.

혼자서 친환경 농업을 시행하다 보니 주위에서 비산되는 것들도 있고 하여 주변 농가들과 협심하여 이 지역을 친환경 농업 특구를 조성하여 주변 농가들과 함께 친환경 농산물을 생산하고 있습니다.

마을 전체가 친환경 농업 특구로 조성되다 보니 마을에는 몇 년 전부터 자연스럽게 천적들이 생겨나 생태계가 자연적으로 조절되고 있으며, 최근에는 반딧불까지 볼 수 있다고 합니다.

스타팜을 하게 된 계기로는 관광 농업을 통해서 수익을 보겠다는 의미보다는 친환경 농업에 대한 홍보를 위해서 시작하게 되었다고 합니다. 이 과정에서 한울농원이 있는 마을이 팜스테이 마을로 지정되면서 마을과 함께 융합하여 친환경 체험 관광 농업을 시행하고 있다고 합니다.

한울농원은 주로 유기농 쌈 채소를 재배하고 있는데요. 대구 친환경 농업 발상지에서 발효 퇴비와 유박만으로 재배한 상추, 치커리, 미나리, 케일, 뉴그린, 비트 등 연중 20여 종의 채소를 무농약으로 재배하고 있어서 안심하고 소비자들이 먹을 수 있다고 합니다.

재배된 쌈 채소들은 농장에서 수확하여 대형 유통업체에 납품하거나 사이버 거래 또는 산지 유통으로 직거래를 통해 소비자들에게 판매되고 있었는데요. 특히, 다양한 채소들을 모아 판매하는 모둠 채소는 인기가 높다고 합니다.

쌈 채소는 현재 국립농산물 품질관리원으로부터 유기농 인증을 받았는데요. 국립농산물품질관리원의 인증을 받기 위해서는 까다로운 심사를 받아야 한다는 것을 소비자들도 인식하고 있다 보니, 국립농산물품질관리원에서 유기농 인증을 받았다고 하면 소비자들도 이를 신뢰하고 구매하고 있어서 큰 도움이 되고 있다고 합니다.

이곳은 스타팜 체험 행사나 친환경 농업 체험 행사에 사용되는 딸기 하우스입니다. 이곳에서는 싼타라는 품종의 딸기를 재배하고 있었는데요. 품종 싼타는 2007년에 국내에서 개발된 신품종으로 12월부터 수확하여 맛볼 수 있다고 합니다.

곳곳에 한두 개씩 탐스럽게 익은 딸기들을 볼 수 있었는데요. 이 싼타 품종의 딸기 수확 체험 행사는 12월 말에서 1월 초부터 진행될 예정이라고 합니다.

스타팜 및 팜스테이 마을의 프로그램 중 하나인 친환경 농산물 체험 행사를 진행하면서 속상한 일도 많이 있었다고 합니다. 그 이유는 농산물을 수확하는 과정에서 작물을 부러뜨린다든지 잡아당기면서 열심

히 키운 작물들이 상하는 일이 있다 보니 속상한 일이 있는 것이 사실입니다.

하지만 체험을 온 학생들이 생명에 대한 소중함을 알고, 농작물이 자라는 과정을 이해하고 직접 수확하면서 농촌과 친해지는 모습을 보면 속상한 마음이 눈 녹듯 녹아 없어지고, 보람을 느끼면서 어느새 사계절 내내 진행할 수 있는 체험 프로그램을 생각하고 있다고 합니다.

마지막으로 곽해묵 대표는 앞으로 국립농산물품질관리원에서 인증한 대한민국 스타팜이 조금 더 소비자들에게 많이 홍보되어 더욱더 소비자들과 소통을 하고 싶다는 이야기를 전했습니다.

앞으로 스타팜이 더욱 많이 알려져서 대한민국 스타팜이 안전한 먹거리 생산을 위해 노력하는 농민들과 안전한 먹거리를 찾기 위해 노력하는 소비자가 소통할 수 있는 장이 되었으면 합니다.

8

행복충전 팜파티

- 대구 『농민신문』 기사 -

"농업 농촌 소중함 알려요"

- 대구 미대·내동 마을기업, 도시민 초청해 공연 먹거리 강의

▲ 대구 동구 미대·내동 정보화 마을기업이 마련한 '행복충전 팜파티'에서 도시 소비자들이 색소폰 연주를 감상하고 있다.

11월 29일 오후, 대구 동구 미대·내동 정보화 마을 체험장에선 감미로운 색소폰 소리가 은은히 울려 퍼졌고, 이어 아마추어 가수의 노래가 흘렀다. 그리고 공연은 도시 주부들의 몇 차례 앙코르를 받고서야 막을 내렸다. 이에 앞서 풍물단이 흥을 돋웠다.

이날 행사는 대구 동구 팔공산자락에 있는 미대·내동 정보화 마을기업(대표 곽해묵)이 한 해 동안 체험 마을을 이용해준 도시민을 초청, 감사의 마음을 전하고 농업 농촌을 알리기 위해 마련한 파티였다. (사)전국주부교실 대구시지부(회장 손기순) 회원들과 도시농업네트워크 회원 등 100여 명의 도시민은 이날 각종 농촌 체험과 강의, 공연 관람 등으로 오감을 만족시켰다.

손기순 회장은 "올바른 먹거리에 대한 강의와 체험을 통해 농업 농촌의 중요성을 몸소 깨달았다."라며 "이번 체험을 통해 우리 농산물 소비 촉진은 물론 활발한 교류로 도농이 상생토록 할 것이다."라고 말했다.

올해 행정안전부의 '마을기업'에 선정된 미대·내동은 28개의 농가로 구성됐으며, 지난여름에도 도시민 초청 공연을 열어 호응을 얻었다. 윤태한 운영위원은 "마을을 찾아준 도시민들에게 감사의 마음을 전하고, 마을을 더욱 알리기 위해 행사를 기획했다."라고 말했다. 미대·내동 정보화 마을기업은 앞으로 이 같은 행사를 연 3회 개최해 마을을 홍보하면서 농업 농촌의 소중함도 알릴 계획이다. 곽해묵 대표는 "단순한 농업 체험을 넘어 공연과 강의를 통해 도시 소비자들의 오감을 만족시키고 안전한 먹거리의 중요성도 일깨우고 싶다."라고 말했다.

대구=농민신문(2012년 12월 5일) 유건연 기자

제3장

팔공산
촌부의
춤추는 붓

1

자기 합리화

태풍이 몰아치고 억수같이 쏟아지는 비가 온다. 이런 날엔 딸기밭에서 촌부의 손은 무료하기 그지없다.

어쩌다 장난삼아 찍어본 핸드폰 사진에 빠져든다. 이슬 머금은 딸기꽃은 보는 위치에 따라, 각도에 따라 가슴에 와닿는 느낌이 완전히 다르다. 여러 의미의 생각은 자기 합리화에 굳어서 심념이 된다.

특히, 다양한 색상의 천연색으로 딸기꽃을 보고 있으면 겉모습에 집중하지만 명암의 빛으로 보는 딸기꽃은 왠지 모르게 많은 의미를 부과하게 되고, 상상의 나래를 펼쳐 예술적인 환상을 가꾸어낸다.

그래서 사물의 본질을 올바르게 볼 수 있는 능력을 배양하는 것을 우리는 교육이라 한다. 교육은 반복된 학습과 실행으로 습관을 만들고, 습관이 쌓여서 인품을 갖추는 데 목적이 있다.

우리 선조들은 자녀 훈육을 밥상머리 교육부터 시작해서 관혼상제에 이르기까지 일상생활 깊숙이 인성 교육을 기본으로 가르쳐 왔다.

즉, 제사상에 꼭 오르는 삼실과(대추는 꽃이 피면 반드시 열매를 맺으니 반드시 후손을 남기라는 의미, 밤은 새싹 때부터 고목이 되어 죽을 때까지 밤톨을 달고 있으니 조상의 음덕을 잊지 말라는 의미, 감은 고염나무에 접을 붙여야 감이 되니 사람은 평생토록 교육을 게을리하지 않아야 한다는 의미)에까지 의미를 부여하여 사람답게 사는 인성 교육을 했는데, 언제부터인가 우리는 자유경제 체제에 익숙해지면서 경쟁의 논리와 승부욕에 쫓겨서 가치관의 혼란으로 대학은 9급 고시 학원이 된 지 오래됐다. 주객이 전도된 세상은 이성적인 사고보다는 지식과 괴변을 앞세운 흑백의 논리로 자기 합리화에 급급하다. 자기 합리화는 변명에서 시작하지만 고집하면 내로남불이 된다.

“눈 덮인 들판을 걸어갈 때는
어지럽게 함부로 걷지 마라
오늘 네가 남긴 발자국이
훗날 누군가에겐 이정표가 될 것이니”

서산 대사의 선시 「눈길 첫 발자욱」에서 보듯이 앞서가는 사람, 더욱이 리더(지도자)의 생각은 결코 가벼워서는 안 된다. 리더 자신의 영달보다는 조직원들의 편의와 배려하는 마음이 우선되어야 한다.

그러면 우리네 농업은 어떤가? 농업에 인성적인 농법을 접목한 것이 자연 순환 농법이며, 친환경 농업이라 할 수 있다. 그런데 자연 발생적인 자연 농업과 친환경 농업을 정부가 친환경 육성법을 공포하면서 돈이 되는 농업으로 재포장하여 권장하고, 성과 위주로 펼친 정책 때문에 가짜 친환경 농산물이 등장하고 말았다. 부랴부랴 인증을 강화하고 단속도 여러 기관으로 확대하였으나 엉뚱하게도 친환경 농업인 전체를 잠재적인 범죄자로 내몰아 친환경 농업인의 긍지와 자부심은 물론 의지마저 꺾고 말았다.

그러나 2001년 친환경 농업 육성법 공포 이전(1995년)부터 친환경 농업을 시작한 나는 농약을 사용하지 않고는 농사를 짓지 못한다는 사고를 깨고, 속박이가 당연한 농산물을 소포장 상품화 및 농산물 리콜제도까지 도입한 대구광역시 친환경 인증 1호 농가로 이십여 년을 걸어왔다. 잠재적인 범죄자로 지목되었을 때는 긍지와 자부심으로 달래고, 금전의 유혹이 올 때는 스스로 짊어진 책임감에 친환경 농심으로 뿌리치며 유기농 쌈 채소를 이십여 년 이어왔고, 또다시 모두가 포기하라는 친환경 무농약 딸기에 승부를 걸어본다.

올여름 섭씨 40도를 오르내리는 혹독한 더위에 한 달이 넘도록 땀으로 샤워하며 정성을 쏟았건만 절반의 자묘만 건져서 30일 만에 네 웃음을 보는구나! 어쩌면 내게도 남아있을 자기 합리화로 농업의 인성교육인 자연 순환 농법, 친환경 농업, 무농약 딸기 농사 짓는 팔공산 촌부로 살아가련다

2

제왕의 빛깔 자운영

올해 구월 가뭄이 심했던 탓일까? 아니 기후 탓만 할 수 없을 것 같다. 농업 CEO MBA 과정과 농수산무역대학 등의 농업 관련 사회교육을 받으며 한농연의 활동으로 개으른 농군이 되어 농장을 등한시하였으니 유기 재배한 김장용 배춧속이 충실하지 못한 것은 당연하다. 윤오월 긴 여름 목 타는 갈증과 새까맣게 달라붙은 진딧물 세례에 못 이겨 말라 죽기도 했지만 제법 실속을 차린 녀석도 있다. 하지만 대부분 속이 야물지 못해 쌈 배추로 팔아야 할 것 같다.

1.8kg 이상 되는 배추 한 포기를 김장용 배추로 팔면 1,500원에 팔 수 있다. 그런데 백년손님 사위가 와도 감추어두고 안 준다는 영양가 높은 강장제 가을 상추보다 훨씬 고소하고 맛난 속이 노란 쌈 배추로 판매하면 100g당 350원 받을 수 있어 오히려 소득 면에서는 낫다. 잘못 지은 농사가 오히려 돈이 되는 경우가 있는 것이 친환경 농업의 묘미라 할 수 있다.

그래서 우리 농산물도 소비자의 'needs'와 'wants'에 따라 품질의 등급화로 수직 계열화하고 용도별로 수평 계열화 등 세분화하여 입체적

상품으로 가치를 창조하는 비즈니스 농업경영으로 이끌어야 건강한 농업 농촌이 될 것이다. 이렇게 나는 육체적인 노동과 함께 쉬지 않는 생각으로 허황된 망상 속에서 가끔 참신한 아이디어나 창의적인 발상을 얻는다.

한 아름 배추를 뽑아 안고 밭둑을 따라 걷는데, 배추 한 포기가 삘쭘이 삐져나오더니 데구루루 아래 논바닥으로 굴러떨어졌다. 석양은 벌써 민 바위 중턱에 걸려있어 따사로운 온기를 잃고 있었다. 그곳은 텅 빈 들판을 쓸어온 초겨울 찬바람의 매서운 눈초리에 자운영이 파르라니 떨고 있었다.

紫雲英은 쌍떡잎식물 장미목 콩과 두해살이 풀이며 학명은 'Astragalus sinicus'다. 연화초, 홍화채, 쇄미제, 야화생이라고도 한다. 원산지는 중국으로, 논밭과 풀밭에서 자란다. 밑에서 가지가 많이 갈라지고, 사각형의 줄기는 10~25cm 정도 자란다. 잎은 1회 깃꼴잎이며, 작은 잎은 9~11개로 계란을 거꾸로 세운 듯한 모양으로 타원형이고 끝이 둥글거나 파진다. 잎자루는 길며 떡잎은 계란 모양이고, 끝이 뾰족하다. 꽃은 4~5월에 피고, 길이 10~20cm의 꽃줄기 끝에 7~10개가 산형으로 달리며 분홍빛을 띤 자주색이다. 꽃받침은 흰색 털이 드문드문 있으며 5개의 톱니가 있고, 수술은 10개 중 9개가 서로 달라붙으며, 씨방은 가늘며 길다. 열매는 협과로 꼭지가 짧고 긴 타원형이며, 6월에 익는다. 꼬투리는 속에 종자가 2~5개 들어있고 납작하며 노란색이다.

자운영은 한방에서 풀 전체를 해열과 해독, 종기, 이뇨 등 약용으로 이용하며, 어린잎과 줄기, 어린순을 참기름이나 깨 등으로 무쳐 건강식, 다이어트식 나물로 먹는다고 백과사전에서는 표현하고 있다.

영양 성분은 열량이 100g당 36kcal, 니아신 1.70mg, 나트륨 1.00mg, 단백질 4.60g, 당질 5.50g, 레티놀 0.00㎍, 카로틴 337.00㎍, 비타민 A 56.00㎍, 비타민 B1 0.03mg, 비타민 B2 0.03mg, 비타민 B6 0.07mg, 비타민 C 2.00mg, 비타민 E 0.09mg, 식이섬유 0.00g, 아연 1.01mg, 엽산 104.10㎍, 인 47.00mg, 지질 0.00g, 철분 0.10mg, 칼륨 510.00mg, 칼슘 3.00mg, 콜레스테롤 0.00mg, 회분 1.00g으로 보고되어있다. 또한, 자운영은 뿌리에 뿌리혹박테리아가 붙어있어 공중 질소를 고정해 남부 지역에서는 녹비작물과 가축 사료작물로 재배한다. 특히, 자운영 꽃은 중요한 밀원식물이다.

우리나라의 자운영은 1909년도에 처음으로 일본에서 야마가다산 등 5종이 도입되어 재배되기 시작하였으며, 1961년도에 37,000ha까지 녹비용으로 재배되어 오다가 화학비료의 등장으로 맥이 끊어지는 듯하다가 2000년 친환경 육성법 공포 이후 대전 이남 평야지에 녹비용과 사료용으로 다시 재배가 확산되고 있다. 재배 환경은 내한성에 강하고 습해에 약한 특징이 있다.

된서리 맞은 볼이 퍼렇게 멍이던 자운영이 눈물이 그렁그렁한 채 애처로운 모습으로 짠하게 내 가슴에 남아 긴 겨울의 한파를 걱정하고 있다. 마냥 넉넉하고 풍성한 계절 가을을 거두어 곳간에 채워두었기에 찬바람만 남은 초겨울의 들녘이 더욱 을씨년스럽다. 속 파먹은 허수아비는 쓰러질 듯한 모습으로 버티고 있으면서도 조롱하던 참새 한 마리도 없어 외롭게 히죽거리며 웃고 있다.

이것이 지금의 우리 농업 농촌의 실체인 것 같다. 70~80년대 조국 근대화 물결이 몰아칠 때 농촌의 부모님은 논 밭 팔고, 소 팔아서 자녀들을 서울로, 대도시로 유학시켜 대학 공부시키고, 대출 내고 사업 자금 보태어 세계가 부러워하는 한강의 기적을 이루었다. 그런데 어느 날 갑자기 IMF라는 철퇴를 맞고 고향의 품으로 돌아온 자식들에게 그 많은 근심, 깊은 상처 주름 깊은 주름살에 들킬세라 감춰두고 허리 휘도록 바리바리 싸주어 지금의 대한민국을 IT 강국, 수출 강국 만들어놓지 않았는가?

이렇게 우리 농업은 조국 근대화의 기반 산업으로 역할을 다하였다. 하지만 이제는 오히려 고령화된 농촌과 과중한 부채만 안고 끙끙거리는 우리의 농업 농촌이 세간의 정치인들이 말하는 "농업은 사양산업이다."라는 논리에 우롱당하고 있다.

그렇게 알곡을 거두어 가고 볏짚까지 깡그리 끌어가 한 줌의 온기도 없이 찬바람만 휑하니 버려진 소외된 들녘에서 자운영은 희망의 빛깔, 푸른빛으로 묵묵히 황량한 들판을 가꾸며 북풍한설의 혹독한 시련을 혼자 이겨내야 한다. 그리고 아지랑이 피는 봄날에 화려한 제왕의 빛 신선의 화관으로 활짝 웃으며 달콤한 꿀을 아낌없이 내어주는 자운영은 다시 천연비료가 되어 풍년 농사를 예약하고 명년 가을이면 스스로이 들녘을 찾아와 푸른 희망으로 돋아날 것이다.

여기 평범한 회사원이 연고도 없는 낯선 곳에서 전공과 전혀 연관되지 않은 농업과 겁 없이, 철없이 입맞춤하고 순정을 빼앗겨 대구 지역의 최초의 친환경 농업인으로 살아온 14년의 경험과 노하우를 자운영 거울에 담았다. 창업 농을 준비하고 꿈꾸는 분들과 농업인 여러분에게 자운영같이 농업경영의 밑거름이 되어 조금은 투박하지만, 지속성 있는 천연퇴비로 뿌려지기를 기대해본다.

2010년 3월

ㅋ

21세기 한국인의 덕목

한국인이라고 함은 고유의 언어인 한국어와 창조된 문자 한글을 사용하는 공동의 문화와 한민족(韓民族) 정서를 지닌 사람을 지칭한다. 지리학적으로는 극동 아세아, 즉 연해주와 사할린 그리고 한반도 및 그 주변의 섬에서 삶을 영위하는 사람들과 그러한 선조들을 가진 자로서 대한민국의 영토를 벗어나 외국에서 거주하는 사람들일 것이다. 또한, 형질인류학적으로는 알타이계 몽골족이며, 극동 아세아로 이동한 무문토기 문화인이 근간이 된 예 맥 한족으로 오랜 기간 주어진 지역환경, 즉 계절과 기후, 수질과 토양, 음식 등의 영향을 받아 체격, 피

부, 모발, 홍채 등의 특성이 있는 한민족(韓民族)으로, 그 혈통을 받은 혼혈인도 포함될 것이다. 그리고 법리적인 의미로는 대한민국의 국적을 가진 자국민과 귀화인, 재외 교포를 포함한 사람을 뜻한다.

한국인은 역사적으로는 고조선의 건국신화에서 찾아볼 수 있듯이 북방에서 이주해온 기마민족(濊貊族)과 남방의 토착 세력(三韓)이 융화되어 정착하면서 부족 중심의 농경사회를 이룩하였으며, 천민사상(天民思想)의 자긍심과 홍익인간 이념으로 민주적인 부족국가를 형성하여 오천 년의 유구한 역사와 찬란한 문화를 이어오고 있다. 유구한 한국의 역사만큼이나 반복된 외부의 침략과 약탈로 한국인을 담금질하여 제지와 인쇄, 천문과 지리, 건축과 도예 등 찬란한 문화를 창출하고 질곡의 애환을 담아내면서 여러 차례 국가의 흥망성쇠에도 불구하고 끈기 있는 생존력으로 오천 년의 역사와 한민족 문화를 지키고 유지할 수 있었다.

그 원인은 대륙의 문화와 해양의 문화의 요충지대에서 한국인은 밀려오는 대륙이나 해양의 문화에 단순히 순응하지 않고, 그들의 문화를 수용하여 새로운 문화와 문명으로 창출하여 대륙과 해양으로 전파하는 메신저의 역할까지 하였기 때문이다. 일례로 한자어(漢字語)에서 일본어(日本語)를 만들어 일본인에게 문물을 가르쳤으며, 대륙의 주자·성리학을 받아들여 성리학 주기론과 주리론의 철학을 완성하였다.

이렇게 완성된 철학은 향학과 향교를 통하여 한민족(韓民族) 정서를 확립할 수 있었다. 그런 한민족(韓民族) 정서는 사회조직의 최소 기초단위인 가족의 가부장제와 씨족 중심의 가문을 중요시하였다. 농경문화 속에서 실천적 윤리지표인 삼강오륜을 이행하며, 국가에는 충성하고 부모에게 효도하는 경천애인 사상과 불의와 타협을 거부하는 선비 정신으로 승화되었다.

한국인의 선비 정신은 한민족의 독특한 민족 정서로 발달하여 세계의 어느 나라에서도 유례가 없는 의병 활동으로 호란과 왜란을 물리쳤다. 국채보상운동 및 삼일운동 등 국가가 위태로울 때마다 민족이 대동단결하는 국난 극복의 밑거름이 되어왔다.

대륙 세력과 해양 세력의 요충지대에서 때로는 대륙으로 뻗어 나가고 해양으로 진출하여 유럽과 아프리카까지 교역하는 번성기도 있었지만, 강대국의 침략으로 나라를 잃었던 때도 있었다. 인류가 걸어온 세계사를 살펴보면 찬란한 문화와 왕성한 국력을 자랑하던 무수한 민족들이 역사의 뒤안길로 사라지고 잊혀갔다.

그러나 한국인은 한민족(韓民族)이라는 혈통과 한민족(韓民族)의 문화를 계승발전 시키는 강인한 정신력과 민족 정서는 한 번도 잃지 않았다. 그러한 한국인의 강인한 정신력은, 성실하고 근면한 민족 근성과 결합하여 일제강점기와 한국전쟁의 폐허 속에서, 서구 유럽 국가들이 300여 년에 걸쳐 이룩한, 근대화 산업을 불과 30년 만에 이루어 세계에서 가장 가난한 나라에서 12번째의 무역 대국으로 성장할 수 있었다.

88올림픽을 통하여 대한민국을 새롭게 인식하게 된 세계인들은 서울의 경이로운 발전을 한강의 기적이라 불렀다. 한강의 기적에는, 세계인의 상식으로는 이해하기 어려운, 국가의 환란 극복을 위한 금 모으기 운동과 한국인의 열정이 있었다. 즉 2002년 월드컵 때 한반도를 붉은 티셔츠로 입혀버린 열두 번째 선수로 전국 방방곡곡 거리와 광장을 메우고 지축을 흔들어놓은 붉은 물결은 세계인들을 경악게 했다.

인간 사회의 유기적인 매체 인정(人情)이 풍부한 한국인은 한국인 특유의 한(恨)과 열정을 독창적인 촛불집회로 성숙한 집회 문화를 창출했다. 한국인의 정서가 풍부한 드라마로 시작한 한류의 바람은 노래와 춤, 한국어 배우기, 한국인의 문화와 교육열까지 sensation을 일으켰다. 따라 하기 쉽고 단순반복적인 행위와 그룹으로 노래를 부르고 춤을 추는 아이돌 바람은 신한류의 열풍으로 동남아를 쓸어버리고 유럽에 이르기까지 들불처럼 번지고 있다.

그리고 '하면 된다, 할 수 있다'는 한국인의 긍정적인 사고로 시작한 새마을운동은 철강과 조선 및 IT 강국으로 거듭 태어나면서 조용한 동방의 나라라는 이미지를 벗어던지고 역동적인 'Dynamic Korea'의 모습에 전 세계인이 매료되고 있다. 신한류의 열풍 외에도 한국인의 문화와 단기간에 이룬 산업 선진화의 정책과 행정, 새마을운동정신 등을 앞다투어 수입하는 나라들이 늘고 있다.

하지만 지금의 한국인은 세계인이 놀라워하는 급속한 산업화로 인하여 경쟁의 논리에 익숙해지게 되었으며 21세기 초고속 스피드 시대에 살면서 생활 일부분이 된 인터넷은 시간과 공간을 초월한 편리함과 많은 정보를 신속하게 전달해주지만, 가상의 공간에 자신을 가두고 사람의 따스한 마음을 메마르게 하여 인정(人情)을 잃어가고 있다.

철학이 종교의 근원이라면 종교는 도덕과 윤리의 근본에서 시작된 율법이며, 사람들의 가치관형성에 있어서 정신적 지주이다. 21세기 한국인의 정신적인 지주로서 좌표를 제시하지 못하고 있는 한국 종교 집단의 방자함(타락)은 극단적인 이기주의의 팽대로 전통적인 한국인의 정서와 가치관, 즉 실천·윤리·강녕의 삼강오륜과 가문의 전통을 계승하는 선비 정신, 그리고 경천애인 사상 같은 한국인의 미덕이 퇴색되어 한국인의 정서와 가치관이 혼란과 혼돈으로 자살이라는 극단적이고 비극적인 내우외환의 정서 불안을 앓고 있다.

따라서 21세기 한국인의 덕목으로는 서구 선진사회가 부러워하는 한국인의 미덕인 가족 문화와 가문의 전통을 계승하는 선비 정신으로 무장하여 디지털 시대에 맞는 한국인의 정서와 가치관을 새롭게 적립하고, 한국인의 단점인 극단적인 쏠림 현상과 냄비 근성을 강인한 열정과 역동성(Dynamic Korea)으로 승화시켜서 한국인 특유의 사람 냄새 나는 따스한 인정(人情)으로 세상을 녹여내어야 할 것이다. 그리고 21세기는 개개인의 개성이 강하고 우수한 두뇌와 독특한 근성을 가진 한국인에게 매우 적합한 시대적인 사명이며 기회인 것이다. 그러므로 대한민국과 한국인은 디지털 시대의 해동성국으로 번성할 것이다.

4

탱자에 얽힌 중국고사

탱자에 얽힌 중국의 고사로 귤화위지(橘化爲枳)가 있다.

이야기는 여러분이 잘 아시는 바와 같이 춘추시대 이야기다.

제나라 재상 안영이 초나라에 사신으로 갔다. 그때 그의 기를 꺾기 위하여 초나라 영왕이 제나라의 도둑을 잡아놓고 "제나라 사람들은 도둑질하는 버릇이 있는 모양이다."라고 비아냥거렸다.

그 말을 듣고 안영은 "귤나무는 회수(淮水) 남쪽에서 자라면 귤이 열리지만 회수 북쪽에 심으면 탱자가 열린다고 합니다. 저 사람도 초나라에 살았기 때문에 도둑이 됐을 것입니다."라고 응수했다고 한다. 즉 나무가 지역에 따라 다른 모습으로 변하듯 사람도 성장 환경에 따라 크게 달라질 수 있다는 교훈적인 이야기다.

우리의 학창 시절 때에는 날카로운 가시로 도둑을 막고 액운과 귀신을 쫓기 위하여 과수원이나 집 담장의 울타리로 많이 심었다. 이제 탱자나무 가시는 가슴 아리도록 매운 아픔만큼이나 그리운 장난꾸러기 추억으로 남아있을 것이다. 해평이란 마당에서 꿈을 먹고, 내일을 부르던 우리 동창들은 비켜 앉은 세월만큼이나 다른 환경에서 각자의 모습으로 귤화위지(橘化爲枳) 하였나 보다. 반백을 넘어오면서 육신과 마음의 상처로 아파하면서 성숙하고, 나의 피골이 상접한 상처가 탱자나무 가시처럼 가혹한 고통으로 누군가를 괴롭혔는지 모른다.

이제 탱자나무 울타리는 현실에서 사라져가는 데 옹졸한 가슴속에는 친구와 이격 된 거리만큼이나 탱자나무 울타리가 가로막고 있는 느낌이다.

참으로 멀리도 돌아왔다. 책상 앞에 앉으면 마주할 수 있고, 소설처럼 엮어온 우리들의 이야기를 아주 쪼금만 풀어서 수다로 행복할 수 있는데 말이다. 바다 건너 날아온 탱자나무 사진 한 장이 마음을 학창시절로 돌려 많은 추억을 생각하게 하는 하루다. 행복하다는 의미를 어설프게 느껴본다.

친구야 반갑다. 그리고 고마워~.

〈한의서에 말하는 지실(탱자)의 효능 〉

"皮膚病隱疹 枳實每五錢 浸酒一盃

置溫突經一宿 早朝絞取汁 溫服 連三四日永不出"이라 하였는데,

이 말의 의미는 피부병에 은진(두드러기)이 생겼을 경우 생 지실을 하루에 5돈을 술에 담가서 하룻밤을 온돌에 묵혀놓았다가 아침 일찍 즙을 내어서 따뜻하게 복용을 하는데, 3~4일 동안 반복하면 영원히 재발하지 않는다는 의미다. 이 내용은 『수진경험신방』과 『동의보감』에 실린 내용으로 좀 과장됨이 없지 않고, 여기에서 권하는 방법을 그대로 이용하기는 힘들어 다른 방법을 제시한다.

복용방법

말려서 약재로 사용 중인 지실 200g을 구하여 1.5L 페트병을 이용하여 물 3L 이상을 넣고, 약한 불로 3시간 이상 다려서 물이 줄면 계속 물을 부어 절반으로 만든 다음 하루에 3번 커피 잔으로 한 잔씩 식후 30분경에 복용을 한다. 아마 5일 정도 분량이 될 것이다. 이러한 방법으로 어느 정도 효과가 있으면 농도를 1/2로 묽게 하여 증상이 없어질 때까지 복용한다. 그러나 기운을 해친다고 하여 너무 오랫동안 복용함은 지양해야 한다. 실제로 만성 두드러기에는 지실을 약주를 담가놓고서 먹어보는 것도 좋다. 시중에 보면 약주를 담글 때 사용하는 큰 유리 항아리가 있다. 여기에 물로 몇 번 헹구어낸 지실을 1/3 가량 넣고, 지실이 다 잠길 정도로 술을 넣는다. 술은 약주로 많이 이용하는 법성 소주나 아니면 도수가 높은 약주용 소주를 이용한다. 하루 정도 있으면 지실에 술이 스며들어 남아있지 않다. 그러면 다시 다 잠길 정도로 채워넣는다. 이렇게 2~3번 정도 한 후 술을 가득 부어 밀봉해놓고 따뜻한 장소에 1달 정도 보관한다. 최소 2주 후부터 복용할 수 있는데, 취침 직전에 소주잔으로 한 잔씩 음복한다.

주의 사항

이것을 복용하는 데 문제점 중의 하나는 맛이 너무 쓴 것인데, 그렇다면 처음부터 묽게 하여 드시고 평소에 기운이 약하거나(기혈 허약자에는 복용을 금함) 위장관에 장애를 가지고 계신 분들은 자극이 될 수 있다. 상기의 방법은 적절한 처방이 구성된 것이 아니기 때문에 개체의 체질과 증상의 특성과는 거리가 있을 수 있다.

5

식품은 문화 상품이다

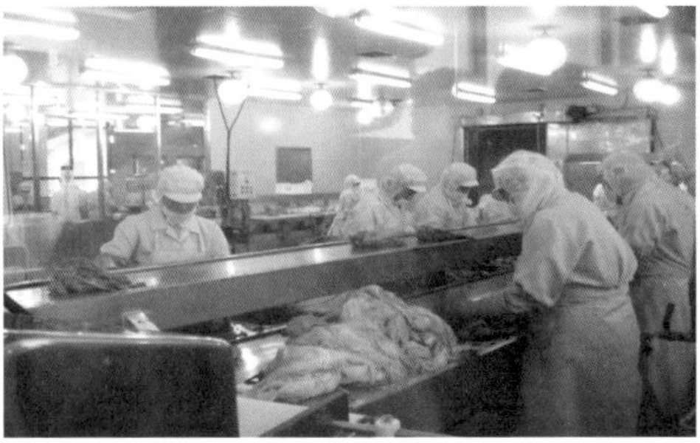

인류가 정착하면서 시작된 1차산업인 농업은 먹거리와 직결되어 있고, 농수산물로 만들어진 음식은 문화와 민족 정서로 연결되어있다.

그런데 우리는 농수산 식품이라는 상품만 의식하고, 수출 100억 불 목표 달성을 위하여 농수산 식품 관련 기관이나 정부 부처 할 것 없이 모든 열정을 쏟고 있지 않은 지 생각해볼 필요가 있다.

요즈음 TV 드라마와 많은 영화가 수출되고, 유명 가수들이 해외로 진출하면서 한류 붐이 일고 있어 국가 브랜드가 상승하고 있다.

하지만 이러한 한류 붐이 지식산업을 뛰어넘어 우리나라의 수출 상품과 우리 민족의 식문화에 이르기까지 확대되지는 못하고 있는 것 같다.

정부의 산하기관과 aT센터 등은 국제적인 농수산 식품 수출 박람회와 판촉 행사 그리고 바이어 초청 사업 등의 활동으로 수출 계약의 성과를 거두고, 수출업체 발굴과 시장 개척 활성화에 많은 기여를 하고 있다.

하지만 미국, 일본, 대만 등 일부 국가에 집중된 수출업체 초청 바이어로 인하여 국내 거래 업체끼리 또는 교포 바이어 간에 과당경쟁을 불러일으키는 일도 있어 수출 경쟁이 심화되기도 한다.

또한, 새로운 국가 중심의 시장에는 우리 농수산 식품의 인지도가 낮아 신규 바이어 발굴 확보가 어려운 것이 사실이다.

하지만 살을 에는 추위와 깊이를 모르는 눈길에 믿음직한 발자국을 큼직큼직하게 남겨 안전한 길로 안내한 아버지처럼 우리의 해외 주재 공관과 해외 aT센터가 현지의 정보를 수집하고 분석하여 상품 개발과 개선의 비용을 절감하고, 효율적인 마케팅을 제공하여야 할 것이다.

또한, 부실한 바이어는 도태시키고, 경쟁력 있고 우리의 문화를 현지인에게 잘 접속시킬 수 있는 유능한 바이어를 발굴하고 초청하여 농수산 식품업체가 안심하고 수출 상담과 거래 알선을 받을 수 있는 신규 품목 발굴과 틈새시장을 확대해나가는 aT 농산물 유통공사와 정부 그리고 농수산 식품 관련 기관으로 수출 농업의 든든한 버팀목이 되었으면 한다.

그리고 우리는 수출자의 입장에서 본 시각으로 소비자의 wants와 needs에 맞는 상품 개발을 하는 고정 틀에서 벗어나 그 상품을 직접 구매하여 유통하는 바이어를 대상으로 그들이 원하는 제품 개발과 프로모션을 하는 것에 소홀하지 않았으나 생각해볼 여지가 있다.

또한, 우리나라의 농수산 식품 수출은 농수산 가공식품에는 그 민족의 문화가 스며있음을 각인하고, 현지인의 문화와 정서를 잘 알고 있는 수입자가 원하는 상품을 개발하여 수입자의 관심사를 충족시킬 수 있는 새로운 마케팅 전략이 필요하지 않겠는가?

2009년 7월 22일

6

나에게 쓰는 편지

참 좋은 세상이다. 그치?

이렇게 컴퓨터를 매개체로 만날 수 있으니….

메일을 주고받을 수 있다는 것이 가슴 설레게 두근거린다. 마치 연애편지를 쓰는 소녀처럼 그러네.

친구가 새겨놓은 단어와 어휘 속에서 진국처럼 느껴지는 삶의 무거운 내음이 전해온다. 누구나 뒤돌아볼 수 있을 만큼의 여유가 생길 때면 과거의 아쉬움과 미래의 두려움이 생기나 보다.

남들보다 평범하지 않았기에 더 힘겨웠고, 아픔만큼 성장하면서 부끄럽지 않은 자신을 세워두고 한 번쯤 웃어보는 인생이 되고 싶다.

16년 전, 자의 반 타의 반으로 귀농하여 오늘까지 왔는데 오르막, 내리막이 힘들고 괴롭지만 평탄한 길만 이어지면 자랑거리, 볼거리가 없겠지? 그렇게 나를 달래면서 농사 걱정, 사업 걱정 세상 고민 혼자 안고 끙끙거리며 부실한 욕심으로 행복한 내일을 탐하고 있어.

오늘 한낮에 예초기로 밭두렁을 깎다가 밭둑에 고목으로 자란 뽕나무 그늘에서 32도의 땡볕을 피했어. 이마에서 흘러내리는 땀을 소맷자락으로 훔치는 데 손가락에 부딪쳐서 오디가 떨어지더군. 위를 쳐다보니 새까맣게 익은 오디가 뽕나무 가지에 빼곡히 박혀있었어. 철없던 초등학생 시절 꼴망태 팽개치고 뽕밭에 달려들어 오디 따 먹던 그 시절로 빨려들어 갔어. 빙그레 웃음이 돋아나더군.

그래, 나도 나이를 먹었구나!

나이가 들면 과거를 먹고 산다는데.

우리는 서구 문물을 성급히 들키고 소화도 되기 전에 꾸역꾸역 욕심으로 밀어 넣어 서구 유럽이 300여 년에 걸쳐 이룬 산업을 불과 30년 만에 한강의 기적을 이루었지만 삶의 가치관과 민족의 정서를 흔들어 놓았지 않니?

친구가 말한 것처럼 그저 일거리 있고 밥 먹으면 되지 하는 마음으로 미련과 과욕을 내려놓고 남은 삶은 즐기는 여유를 가지고 싶다. 또 다른 직업으로…. 누가 그러더라 많이 하면 탈이 된다고.

음식을 많이 먹으면 비만과 성인병이 되고, 일도 많이 하면 골병들고, 운동을 지나치게 많이 하면 생명 단축(심장박동의 한정)하고, 욕심이 많으면 화를 부른다며 오히려 부족하면 희망이 있고, 꿈이 있어 행복하니 소식하라더라.

학창 시절 내 꿈은 선생님이었어. 명예와 존경을 받을 수 있고, 무엇보다 방학 때는 여행을 실컷 할 수 있을 것 같아 좋은 직업이라고 생각했지.

하지만 나는 농부가 된 것이 자랑스러워. 부와 명예는 가지지 못했지만, 선도 농업인으로 자부심과 긍지가 있어.

그리고 가끔 강의도 의뢰받아 강사로 나설 때면 학창 시절 꿈꾸었던 교사, 교수는 아니지만, 강단에서 개똥철학을 강의도 하지.

그러고 보니 이달 말일에 유기농 전문점 예비 창업자를 위한 강의가 있네. 강의 내용은 친환경 농업의 이해지만 이번 주제는 어떤 것으로 할까? 실천적인 철학을 위하여 창조적인 경쟁심이 필요한데, '남의 행복이 크다고 나의 행복이 작아지지 않는다.' 이것을 주제로 삼을까?

아니다. 친구가 가르쳐준 대로 '무게중심을 바꾸면 새로운 길이 보인다.' 이렇게 해야겠다.

얕은 내 지식과 경험이지만 간절히 원하면 이루어지더라.

침묵의 바다야! 반환점은 돌았지만, 아직 갈 길이 많지 않니?

나 자신을 믿고 자랑스러운 나를 만들어가보자!

아자아자! 아자!

ㄱ

편지

– 現鏡 곽해묵

세월을 건너온 친구에게

친구야!

벌써 강산이 세 번이나 변했을 시간이 흘렀구나!

155마일, 서부전선에서 이등병 딱지도 떼지 못하고 있던 크리스마스 날이었지.

그날 나는 네가 새댁이 되었음을 알았지, 보내준 카드에서.

그 후로는 너는 추억의 일기장 속에서 잠자고 있었단다.

갑자기 날아온 국제전화 한 통에 타임머신을 타고 삼십여 년의 세월을 건너 잠든 너를 불러냈구나!

자연의 분노로 일어난 쓰나미를 사람들은 방사능오염으로 재앙을 만들어놓고 두려움에 떨고 있구나!

무사하다니 반갑고 고맙구나!

나는 겁도 없이 이십 년 전 손가락질 받는 미친놈으로 생면부지인 팔공산 자락에 귀농했단다.

어릴 때부터 몸에 배인 나르시시즘에 젖어, 지고는 못 사는 성격이 한몫했는지도 모르겠네.

우리의 초등학교 시절에는 한글 모르는 부모님을 속이기도 쉬웠는데, 지금은 아들 녀석에게 컴맹이라고 종종 구박을 받을 때면 세월에 무상함을 느낀다.

컴퓨터! 그래! 맞아, 이억 만리타국에 있는 너와 컴퓨터를 사이에 두고, 이렇게 대화를 나눌 수 있고, 논밭에서 호미로 짓던 농사를 하이테크 농업, 하이브리드 영농의 유비쿼터스 산업으로 발전하여 컴퓨터에서 인터넷으로 농사짓는 세상이 되었구나!

폼나게 농사짓겠다고 과학 영농 수경 재배로 시작했었지.

핵가족이 요구하는 소포장 친환경 농업으로 차별화하고, 세대가 요구하는 자기 PR로 언론을 활용할 줄 아는 별난 농업인은 세간의 입을 타고 선도 농업인이 되어 있더라.

어느 날, 눈을 떠보니 귀농 1세대, 친환경 농업 1세대라는 자부심과 긍지로 자승자박 된 내가 그곳에 있더구나.

그래서 편안한 이등을 놓치고 추락하지 않으려면 달려야 하는 일등으로, 선구자로 난관을 극복하고 타인의 기대치에도 성공으로 부응하여야 하는 의무감 같은 묵시적인 압박에 벼랑 끝으로 몰려 경주마처럼 앞만 보고 달려왔단다.

때로는 태풍과 병충해로 수마가 할퀸 폐허 속에서 눈물과 땀방울로 좌절을 딛고, 자연환경보다도 더 잔혹한 사회 환경에서 생존을 위해 오기와 독선의 나를 일으켜 세웠어.

60년대 보릿고개를 허기로 넘고, 70년대 새마을운동으로 녹색혁명을 이루고 80년대 시설 하우스의 백색 혁명, 농한기 없는 농업으로, 90년대의 기계화 영농으로 풍요로운 식탁을 만들어놓았질 않니?

그런데 논밭 팔고 빚내서 중화학공업과 조선, 자동차, IT산업 수출국, 무역 대국으로 키워낸 우리 농업 농촌은 노쇠하여 UR, WTO, FTA에 빗장을 열어주고, IMF 맞아 쓰러진 놈 기력 챙겨주었더니 버림만 받았지.

함께 버려진 농심에 적선 받은 애국심으로 자리를 깔아놓고 친환경 농산물, 기능성 농산물의 구걸로도 모자라 살아남기 위한 발버둥인 감성 농업으로 변신에 변신을 거듭하며 미래의 동력 산업을 가꾸며 식량 주권 수호에 여념이 없단다.

그렇게 우리 농업은 남들이 부러워하는 한강의 기적으로 공업 입국과 수출 대국을 출산하였지만 글로벌 시대의 사회적 환경이란 미명 아래 수입 농산물에 쫓기는 애물단지로 눈총을 받고 있질 않니?

나 역시 생존의 법칙만 존재하는 현실 사회에서 살아남기 위해서 전략과 마케팅을 끌어와서 고객의 마음을 눈치로 읽는 카멜레온 농업으로 실속 없는 억대 농업인 되어 있더라.

특히 우리 베이비붐 세대들은 GDP 삼천불에서 이만 불까지 격동의 시대를 살아오면서 58 개띠가 아니어도 너 나 할 것 없이 충직한 개처럼 인생을 열심히 살아오질 않았니?

빈 그릇에 열정을 담고, 희망을 넣고, 야심, 웃음, 눈물, 용기와 땀, 오기와 욕심까지 가리지 않고 모조리 닥치는 대로 썰어 담았지. 긍지와 자부심만 먹고는 살 수 없잖아?

그런데 시간이 갈수록 열정은 식어 오금이 굳어지고, 희망은 빛을 잃어 두려운 공포를 키웠어.

야심은 덕지덕지 옮아붙은 욕심으로 비겁한 위선과 함께 구린내를 풍기게 되더라.

한 줌 가득히 움켜쥐고 있는 지금, 놓아버리지 않고는 새로운 것을 잡을 수 없다는 것을 깨달았어.

모두 다 허욕의 멍에가 되어 있더라!

가장 소중한 것을 버려야 가장 값진 것을 얻을 수 있다는 말처럼, 농업은 장밋빛 인생 이모작을 위해서는 돈 욕심을 버려야 즐거운 행복을 만들 수 있는 직업이란 것을 이제야 알 수 있을 것 같아.

그래서 고심 끝에 나는 그릇을 쏟아버렸어.

그랬더니 새로운 공간이 생겼더라.

새로운 희망을 담을 수 있는 빈 그릇 말이야.

이 빈 그릇에 가치관 하나만 심어둘까 봐!

그래야 나중에 석양의 노을이 더 곱다고 항변할 수 있겠지?

팔공산에서,

빈 그릇(懸磬)이 전하는 이야기

미래를 여는
행복의 길

오감 만족 아트 팜

목 차

Ⅰ. 아트 팜 사업개요

1. Art-farm 사업배경

1) 기술개발과 관련한 현재 상황

가. 대구친환경농업의 중심지(31ha)

나. 농업현실:고령화,노동력부족,이상 기후,수입농산물과의 경쟁 등 어려움 산재

다. 도시민은 농촌환경 안에서 심신을 정화할 수 있는 공간 필요

2) 경제적·산업적 사업의 필요성

가. 현대인은 정서와 문화가 접목된 상품 요구

나. 생산 · 가공 및 체험관광 등 예술과 농업이 접목된 감성농업

다. 온실 속의 정원 '오감만족 아트 팜 유기농관광농원'

2. 아트 팜 핵심내용

1)아트 팜 사업개요

가.현 농촌체험학습의 문제점

- 단순한 농산물 수확체험으로 흥미를 끄는 요소 미흡
- 체험객의 부주의로 작물 피해발생 및 한정된 수확기간으로 고수익 창출 불가

나.감성농촌체험 프로그램 개발의 필요성

- 기존 단순체험관광에서 탈피한 문화상품으로 발전
- 농산물 부가가치를 향상 시킨 가공+감성 상품을 개발

2) 아트 팜의 노하우 또는 사업화 실적개요

가. 한울농원은 공산친환경농업지구내의 산지유통시설 및 농기구 박물관 등 보유
나. 구암팜스테이마을로 매년 내외국인 체험객 70,000여명 방문
다. 현재까지 개발된 상품은 농산물수확체험, 허브체험 및 차, 미나리 즙, 다양한 유기농산물 등
라. 친환경농산물유통은 대형유통업체 및 단체급식의 계약출하, 산지판매도 증가

3. 아트 팜의 아이템 특징

1) 보고 느끼고 수확하며 요리와 맛으로 오감을 만족 시키는 art- farm
2) 온실정원 유기농관광농원 (쌈채소, 벼, 딸기, 토마토, 금귤, 포도, 키위, 녹차, 허브 등)
3) 다양한 체험소재와 효율적인 프로그램운영을 위한 인프라 구축
4) 체험 잉여 농산물은 유기농 가공식품으로 개발하여 수출 상품과 농가소득 향상

Ⅱ. 아트 팜 시장현황

1. 동종업종 기술(아이템) 현황

1) 국내 관광농원

가. 농촌관광은 연평균 10.9%의 성장 추정
(1995년 17,137천 명, 2001년 21,362천명, 2004년 33,903천명)

나. 2002년, 농촌관광마을육성정책에 의해 지정된 농촌관광마을이 2006년 기준380개 마을

단위: 개

구분	아름마을	녹색 농촌마을	전통 테마마을	산촌 개발마을	어촌 체험마을	문화 역사마을	총계
2005	23	76	45	113	31	9	297
2006	-	47	22	15	17	-	101
2007	-	74	21	30	6	-	131
2008	-	74	21	35	6	-	136
2009	-	90	21	30	7	-	148
2010	-	90	20	30	7	-	147
2011~14	-	399	-	120	29	-	548
총계	23	850	150	373	103	9	1508

*출처 : 관광목적지의 인지된 노블티가 재방문에 미치는 영향, 2010

2) 외국 관광농원

가) 농업선진국들은 농촌관광산업을 굴뚝 없는 미래녹색 성장산업으로 역점을 두고 개발하는 추세

나) 관광농원의 유형과 특징

첫째, 생산수단 대여형

둘째, 농산물 채취형

셋째, 장소 제공형(휴양 및 체험)

<외국 관광농원>

국 가	주 관	발 전 배 경 및 목 적
독 일	시당국분구원 (klein-garten)	제1차 세계 대전 후 농어촌 노동력을 보충하기 위해 휴양을 목적으로 하거나, 상업적이 아닌 자가 소비분을 위한 작물을 재배키 위해 사용됨
미 국	연방정부 주정부 (1959)	1959년부터 활성화된 농촌공원(country park)은 신대륙 개척당시의 농업방식을 재현시켜 물질문명으로 인한 도시민의 기분전환 장소로 제공하거나 지방민을 위한 이용자 중심의 공간 및 편익 제공
영 국	민간단체 (1995) 지방공공단체	1965년 전원지역의 레크리에이션 이용에 관한 개념으로 농촌공원(country park)이란 용어를 사용하여 도로의 혼잡을 피하고 농촌의 황폐화를 방지하여 국립공원의 과밀 이용을 해소하기 위함
스위스	환경보호청 자연보호국	일반국민을 위한 인권으로 전 국민이 쉽게 이용하도록 하기 위함
스페인	농업성	농업자가 대도시 주변에 있는 자연공원, 녹지대, 유원지 보존과 산지를 휴양지를 이용 개발하기 위한 운동의 일환으로 국내관광 장려, 낙후지역 우선개발 및 도시민의 위락장소 제공
일 본	농림수산성 지방공공단체	농촌마을의 합동집회소(community center)에는 박물관, 미술관, 오락센터를 설치하고 도시인에는 삼림센터로서 숙박시설을 설치하는 등의 휴양촌을 건설토록 하여 도시민을 위한 레저시설로서 개방하여 농업에 대한 인식을 높이고 농산물의 현지 소비 확대를 촉진
한 국	농림부 (1965) 농 협	1984년부터 도시민의 레저수요를 농어촌에 흡수하여 도시민의 정서 함양 및 농어가소득 증대에 기여하고 농어촌의 쾌적한 생활공간을 활용하여 서비스산업과의 연계로 다양한 농가의 소득원 개발

2. 관광농원의 수요시장 현황

1)농촌관광 수요 전망

2007년 전체 관광의 2.2%(5,971천명)에서 2012년은3.4%(9,749천명), 2017년에는 5.3%(15,915천 명)으로 증가전망

2)농촌관광 상품의 변화

가.농촌관광의 기반이 되는 깨끗한 자연환경, 문화유산 외에 향토 음식, 체험활동 등의 부가가치 상품창출

나.농촌관광 경영체도 상품과 서비스의 내용에 따라 전문화

예)교과과정의 학생 체험학습과 문화유산 해설사나 숲 해설가 같은 전문농촌관광 경영체 출현이 전망

다.농촌관광을 위해 방문그룹이 지출한 비용은 회당 239,600원

라.농촌관광의 주된 목적이 자연학습 및 체험으로 변하며 체류형 농촌관광이 증가

1995년에는 농촌관광 당일코스가 45.5%로 가장 많았으나 2006년에는 29.5% 로 줄어든 반면 1박 2일은 1995년 37.4%에서 2006년 44.8%로 약간 증가하였고, 2박 3일은 1995년 13.5%, 2006년 20.6%로 증가하는 등 1박 이상의 체류형 농촌관광이 점차 증가하는 추세.

* 출처-농촌경제연구원, 2007

3. 아트 팜 사업의 기술성

1) 핵심 아이템

가. 비닐온실에 다 품목 과수와 과채류를 재배하는 art- farm

- 체험관광객이 재배 수확한 유기농산물로 직접 요리하고 먹는 시골밥상
- 허브아로마와 체험을 즐길 수 있는 쾌적한 정주공간

나. 체험관광객이 만든 전통식품과 풍경이 있는 감성농장

- 도시민이 장 담그기 체험 후 항아리에 명찰을 달아 보관하고 필요할 때마다 농장을 찾는 지속교류와 직거래

2) 기술개발 진척도

가. 대형3연동하우스에서 팜스테이 마을과 연계한 수확체험

나. 독자적인 유기농산물 유통망과 체험객 유치 및 홍보마케팅

다. 아로마체험, 허브 차, 악세서리, 허브음료 등 유기농가공식품의 개발 및 시제품제작

3) 기술수준의 축적수준

가. 국제유기농협회(IFOAM) : 유기농인증(NO : goaa-ia-1-127)
나. 국립농산물품질관리원 : 유기농산물인증(제03-00-1-03호)
다. 항헬리코박터 파이로리 기능성음료 특허청 특허출원
(10-2010-0021906)
라. 특허청 상표등록(제40-0769410호) : Beauty Life 팔공유기
마. 기타 신지식농업인, 농산물 마케팅관리사와 농수산식품무역사 자격증 보유

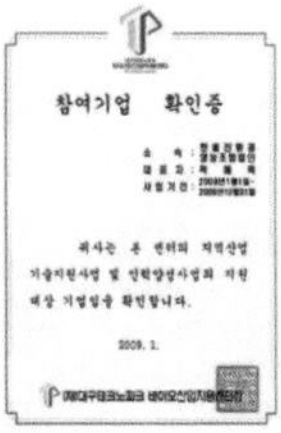

4. 아트 팜의 파급효과

1) 시장측면

가. **전통식품의 수요증가 및 유기농산물 생산농가의 저변확대, 농산물의 산지판매 증가로 직거래 확대**
나. **소비자의 방문·체험으로 농산물에 대한 신뢰도 향상과 농가의 품질향상 유도 효과**

2) 산업측면

가. **관광체험산업은 농업을 6차 산업으로 발전 유도**
나. **국가 녹색성장의 축으로 농업의 새로운 사업모델 제시와 농가소득 증대 기대**

3) 소비자측면

가. **직거래유통으로 유기농 농산물을 저렴하게 공급 받고 농촌문화를 편안하게 즐길 수 있다.**
나. **도시민들에게 농업의 가치와 중요성을 깨우치는 기회**

5. 아트 팜의 시장경쟁력 분석

1) 도시민의 접근성과 유리한 입지

가. 유명 관광지 팔공산과 구암팜스테이가 있어 집객력이 뛰어남

나. 도심에서 20 여분 거리의 접근성과 친환경농업지구내에 있어 학생들의 농촌체험학습장으로 활용

2) 국립농산물품질관리원인증의 우수한 상품

가. 특허 출현 중인 향헬리코박터 파이로리 유기농허브 음료, 허브차, 각종 유기채소농산물(40 여품목) 보유

나. 한울농원은 대구 최초로 국제유기농인증(IFOAM)을 획득, 유기농업 선구자의 상징적인 의미

3) 농촌관광산업의 새로운 블루오션 오감만족

가. 안전한 먹거리 외 농촌자원의 가치를 발굴하고 체험하는 오감만족 아트팜은 로하스족의 웰빙에 대한 높은 기대 충족

III. 아트 팜 추진계획

1. 아트 팜 추진 방향(명품마을)

유기농으로 건강한 사회와 마음까지 향기로운 체험관광 명품마을 실현

세상의 단 하나 대구명품 온실 속의 정원

오감만족 art- farm 유기농 체험 관광농원

수확에서 요리까지 먹고 즐기는 웰빙체험

- 친환경농업지구, 문화유적이 산재한 팔공산에서 삶을 즐기는 쾌적한 정주공간
- 대구시티투어 유치와 감성마을 및 경관농업
- 유기농 셀러드와 전통식품체험의 맛깔 사례

유치원생부터 외국인까지 행복한 체험창출

- 유기농체험과 학습, 관광을 오감으로 즐기는 농원 구축
- 내외국인 관광객유치 및 농산물직거래, 수출농업주도
- 팔공산 축제와 갓바위축제 참여로 유기농 과 체험상품 홍보 및 이미지화
- 팜스테마을운영회와 공동마케팅전략 및 안정적인 대형 유통업체와 지속적인 유통망 존속, 신상품개발

2. 부지(농장)/시설 보유현황 및 활용계획

1) 시설 및 부지(농장) 보유 현황

구 분`	형 태	보유형태	면적 및 규모	용 도	비 고
농 장	시설하우스 밭	자가보유 자가보유	7,326 (m^2) 3,762 (m^2)	영농	수확체험
시 설	저온저장고 및 창고 건조시설	자가 자가	360m^2 6m^2	영농	아로마체험
시 설	허브 및 전통식품체험 유기농산물판매장	자가보유 자가보유	115m^2 50m^2	농산물유통	음식체험
시 설	육묘장	자가보유	1,320m^2	영농	재배체험

2) 부지(농장) 및 시설 활용 계획

가. 육묘장은 파종과 생육단계의 농작물 재배체험학습장으로 연중 활용
나. 시설하우스 중 3,000m^2는 아트팜, 체험관광농원으로 개발
다. 허브와 전통식품체험장은 유기농식품 및 샐러드 체험과 유기농 쌈밥 체험까지 확대 활용
라. 저온저장고는 한여름 아로마체험장 및 체험객의 휴식공간으로 제공

3. 마케팅 계획

1) SWOT분석

S
- 친환경농업지구, 대형유통업체와 계약재배
- 팜스테이마을, 정보화마을 지정
- 팔공산의 문화유적과 관광명소
- 고속도로와 도심에서 접근성이 용이

W
- GAP관리시설 미구축
- 농촌의 고령화로 일손부족
- 유기가공식품기술 부족

O
- 대구시티투어 코스
- 학생들의 교과과정 농촌체험학습
- 새로운 체험상품개발 요구
- 고품질 안전농산물 수요증가

T
- 향후 2~3년간 생산 및 수입감소와 투자비용증가
- 과수아트 팜 경영은 불안한 신시장
- 체험고도화로 체험비 상승과 낮은 의식수준의 농작물의 피해

WT전략 도출

1. 유기식품 R&D구축과 감성농업으로 오감만족 아트 팜
2. 체험관광 상품개발 및 팜스테이 마을과 공동마케팅 전략
3. 대형유통업체와 안정적인 거래존속 및 지속적인 유통채널 다원화

⇨ 세상의 단 하나 명품농장 오감만족 art- farm 유기체험관광농원 신시장 진출!!

2) 시장과 고객 분석

시장세분화

가. 농촌관광의 참여 동기

참여동기 항목	평균	표준편차
자녀의 체험학습을 위해	3.96	1.016
복잡한 도시로부터 벗어나기 위해	3.64	1.041
일행(가족,동료등)들과 친목을 도모하기 위하여	3.57	1.058
아름다운 자연경관을 감상하기 위해	3.56	1.084
새로운 것을 보고 느끼기 위해	3.50	1.001
휴식을 취하기 위해	3.46	1.140
일상적인 스트레스를 풀기위해	3.37	1.073
농촌체험 활동을 즐기기 위하여	3.35	.896
어린시절의 향수를 느끼고 싶어서	3.04	1.211
전체평균	3.50	

• : 5점리커트 척도의 평균점수

나. 농촌관광의 추구편익 분석

추구편익항목	평균	표준편차
농가시설(식당,화장실 등)은 깨끗해야한다	4.16	.905
약속된 농촌체험 활동은 잘 이행되어야한다	4.05	.903
제공되는 먹거리의 품질은 좋아야한다	4.04	.942
농촌체험활동의 진행자는 친절해야한다	4.01	.898
농촌체험활동은 배울만한 점이 있어야한다	3.93	.966
같이 간 일행들이 모두 즐거워야한다	3.80	.915
방문을 위해 지불한 비용은 적당해야한다	3.77	.935
방문지 선택을 위한 시간과 노력은 아깝지 않아야 한다	3.69	.876
교통편 및 접근성은 편리해야한다	3.66	.999
농촌체험활동은 재미있어야한다	3.57	1.063
농촌마을 방문을 통해 기분전환이 되어야한다	3.56	1.016
농촌체험활동의 종류가 다양해야한다	3.54	1.064
자연경관이 좋아야한다	3.47	1.055
체험활동은 새롭고 신기해야한다	2.97	1.043
전체평균	3.73	

• : 5점리커트 척도의 평균점수

다. 체험활동 선호도 조사

체험활동 유형	평균	표준편차
건강휴양체험	3.95	1.018
자연생태체험	3.76	.973
전통먹거리체험	3.66	1.038
만들기공예체험	3.61	1.116
전통놀이체험	3.42	.998
농업관련체험	3.34	.849
축제이벤트체험	3.32	1.096
농가생활관련체험	3.29	1.006
전시관람탐방체험	3.17	1.092
전체평균	3.50	

• : 5점리커트 척도의 평균점수

*출처 : 농촌관광 참여동기에 따른 추구편익과 체험활동 선호분석 김소윤, 2008

라. 타겟팅 선정 및 분석

그룹별 시장세분화

- 상품별 : 학습, 관광, 먹거리, 휴양
- 지역 : 내국인, 외국인,
- 단체 : 학교, 가족, 여행사
- 직업 : 학생, 주부, 웰빙족
- 가족구성원 : 질환 유무

타겟 설정

메인타겟
- 40~50대 먹거리체험
- 소득 250만원 이상
- 전업주부, 웰빙족

서브타겟
- 학생고객
- 여행사
- 여성(가족)

그 밖 잠재고객
- 팔공산관광객
- 팜스테이

그룹별 타겟

단체	예상소비자	사용상황 및 고객니즈
학생그룹	서브타겟	단순 체험학습 외 주스, 아이스크림체험 유도
가족&여행사	메인타겟	아토피 환자 가족, 전업주부모임, 전통식품
	서브타겟	체험으로 점심 해결하려는 여성, 외국인
전업주부	메인타겟	유기농 매니아 전업주부, 웰빙족, 다이어트
팜스테이 고객	서브타겟	외국인관광객, 여성 및 가족단위 고객
주말/휴일	메인타겟 서브타겟	가족 동반하여 외식하려는 여성, 미식가, 팔공산 관광객,

마. 포지셔닝

포지셔닝 맵

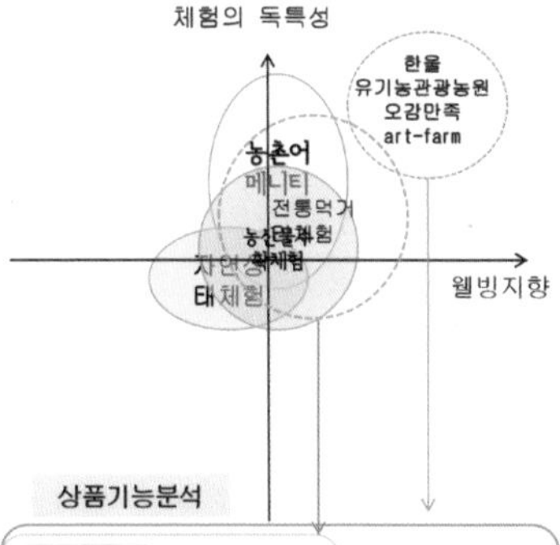

상품기능분석

1차 기능	2차 기능	3차 기능
▪체험학습 ▪자연생태	▪재미와 웰빙 ▪안정과 치유	▪건강, 전통식품 ▪음식체험,문화공간

가격

- 상품과 연령별로 수직 수평의 계열화로 다양화

체험상품 다양성

▪자사 농촌관광 > 4계절 연속된 체험 프로그램
연령별 기호도에 따른 레시피+
식사 또는 간식 체험

체험상품 독특성

▪자사 , > 고객지향의 즐거운 체험

웰빙 지향

▪자사 ≫ 유기농 음식체험과 쾌적한 문화공간
체험만족과 건강, 느끼는 정서

집단 1 : 구암팜스테이 고객(학생) ➡

여성(어머니) 및 가족단위 고객 유치

집단 2 : 팔공산 관광객, 외국인관광객

3) 상품계획

소비자 성향	○ 현대인은 삶의 형태변화로 건강과 기능성 식품의 안전성을 넘어 가치중심의 신상품 요구 ○ 오감만족과 농촌의 향수, 문화를 즐기는 독창적인 체험관광 요구

상품 전략	○ 자가생산 유기농산물로 HACCP인증업체에서 상품개발 및 OEM생산 등 안전성 확보 ○ 친환경과일 +야채 샐러드, 웰빙식품 전통식품체험의 개발과 수직수평 전략 상품으로 명품화 ○ 세대별 계층별 인종별의 기호도에 따른 체험 관광상품개발 및 유기가공품과 농산물

프로그램명	내 용	비 고
미나리 체험	수확, 시식, 녹즙, 요플레, 아이스크림	2~4월
토마토 체험	수확, 쨈, 요플레, 아이스크림, 쥬스	5~7월
허브체험	비누, 양초, 아로마, 향랑, 화장품	연중
곤충체험	관찰, 만들어보기, 채집	5~10월
수확체험, 가공체험	육묘, 허브화분, 쌈채소, 쌈밥, 피자, 전, 빵, 셀러드 & 레시피	연중
전통식품 체험	쌈채소 절임, 메주, 된장, 고추장, 식혜, 식초, 인절미	연중
시설딸기 체험	수확, 쨈, 요플레, 아이스크림, 쥬스	1~4월

4) 가격계획

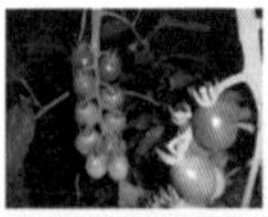

프로그램명	아동	청소년	어른	비고
미나리체험			10,000원/kg	수확 후 체험에 따라 별도 요금추가
토마토체험	4,000원/인	6,000원/인	10,000원/인	수확 후 체험에 따라 별도 요금추가
허브체험	3,000원/인	3,000원/인	4,000원/인	수확 후 체험에 따라 별도 요금추가
곤충체험	3,000원/인	5,000원/인		
농산물수확체험	3~8,000원/인	3~8,000원/인	10,000원/1kg	수확 후 체험에 따라 별도 요금추가
전통식품체험	4,000원~/인	5,000원~/인	10,000원~/인	식품 종류에 따른 체험비 차별화
시설딸기체험	5,000원/인	8,000원/인	12,000원/인	수확 후 체험에 따라 별도 요금추가

* 아동 : 7세 이하, 청소년: 8세~19세, 어른: 20세 이상

ex) 딸기수확체험의 경우 유치원생원 4,000원/인, 초·중학생(단체) 6,000원 가족단위와 성인은 10,000원으로 하며, 잼이나 주스 등의 가공체험으로 이어지면 체험상품에 따라 체험비를 추가하는 체험상품과 가격 다원화 추진

5) 유통 및 홍보계획

가. 농산물 유통경로
- 산지직판 : 직거래
- 홈페이지 : 충성고객의 지속 구매
- 기업고객 : 급식 대형거래처 발굴

나. 한울농원 홍보
- 홍보팜플렛 제작 및 배포
- 대구관광안내정보서비스 홈페이지
- 농촌관광포털사이트, 전통테마마을사이트

다. 연계 홍보
- 대구 주요관광지와 연대한 관광프로그램 등록
- 여행사 및 시티투어 적극 추진
- 소비자에게 체험상품과 유기농상품 홍보

라. 축제 참여
- 팔공산축제, 갓바위축제와 우수농산물 품평회 등에 적극 참여 체험상품 마케팅홍보

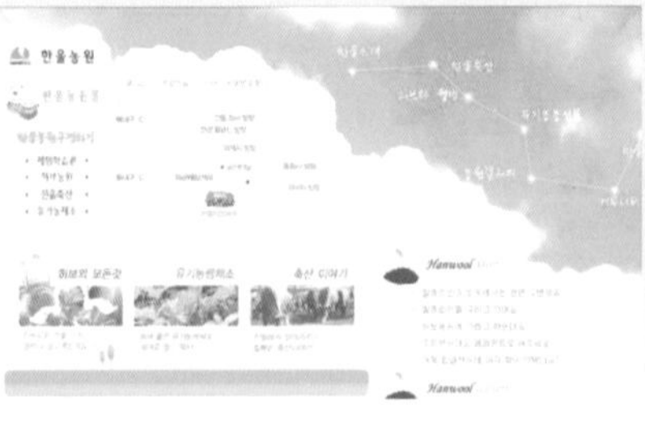

4. 인력현황

1) 인력 보유계획

구 분	인원수	담당업무	비 고
기술개발	0	레시피 개발 체험프로그램 개발	외부협력
현장지도	2	계절별, 품목별, 프로그램별 지도	
마케팅/ 영업	1	홍보 및 고객관계 관리	
사 무	1	업무지원, 총무, 자금조달	
합 계	4		

5. 아트 팜 추진일정

연차	주요내용	추 진 일 정 (월)												비고
		1	2	3	4	5	6	7	8	9	10	11	12	
1년차 (' 12)	체험프로그램개발	■	■											
	레시피 개발			■	■									
	Art-farm 조성	■	■	■	■	■	■							
	체험장 설비보완						■	■	■	■				
	CRM프로그램 개발								■	■	■	■		
	여행사와 협력체결										■	■	■	
	인력구축 및 교육								■	■				
2년차 (' 13)	집중홍보기간	■	■											
	미나리체험 실시		■	■	■									
	토마토체험 실시					■	■	■						
	허브체험 실시				■	■		■	■					
	곤충체험							■	■	■				
	농산물수확체험						■	■	■	■	■	■		
	전통식품체험	■	■										■	
	시설딸기체험	■	■	■										

Ⅳ. 자금조달계획

1. 추정 소요자금(시설신축 및 경영자금)

시설명	형태	규모	용 도	금액	비고
아트 팜	온실설립 내부조경	1000평	체험농원	152,000,000원 20,000,000원	기존 활용
홍보물 및 포털사이트	제작 및 보완	판촉행사 4회 홈페이지	판촉 및 마케팅	10,000,000원 4,000,000원	
식품가공기기 및 기타설비	구입	각각 1식	레시피 체험	22,000,000원 3,000,000원	마쇄, 착즙 반죽, 숙성
제빵 및 발효설비	신축	1식	먹거리체험	15,000,000원	
운전자금	현금	1년간	경영관리비	96,000,000원	
합 계				322,000,000원	

2. 자금조달계획

구 분 (백만 원)	기 조달	추가 조달	합 계	비 고
자기자본	152	50	202	• 온실설립 및 초기단계 운영자금
금융기관 차입	0	100	100	• 설립초기단계 운영자금
기타 차입	0	20	20	• 운영활성화 자금
합 계	152	170	322	

Ⅴ. 추정재무제표 수립

1. 추정 대차대조표

(단위 : 백만원)

항 목	2012	2013	2014
유동자산	50	80	100
비유동자산	152	152	152
자산총계	202	232	252
부채총계	120	133	112
자본금	202	202	202
자본총계	189	221	290
부채와 자본총계	309	453	402

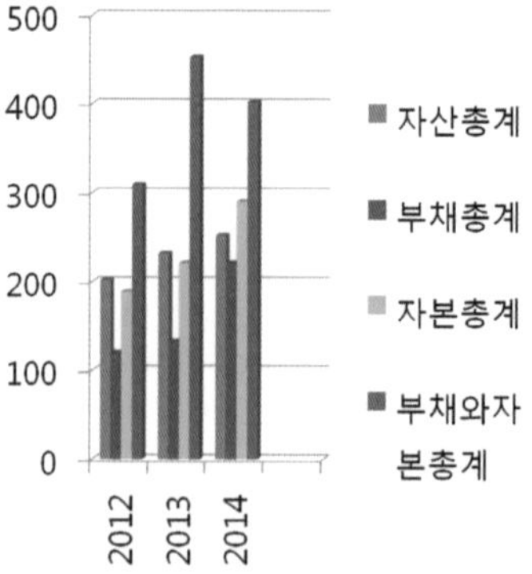

2. 추정 손익계산서

항 목	2012	2013	2014
매출액	50	80	150
매출원가	20	5	8
매출총이익	30	75	142
판매관리비	48	96	105
영업이익	-18	-21	37
영업외수익	45	50	63
영업외비용	40	13	20
법인세전이익	-13	16	80
당기순이익	-13	16	80

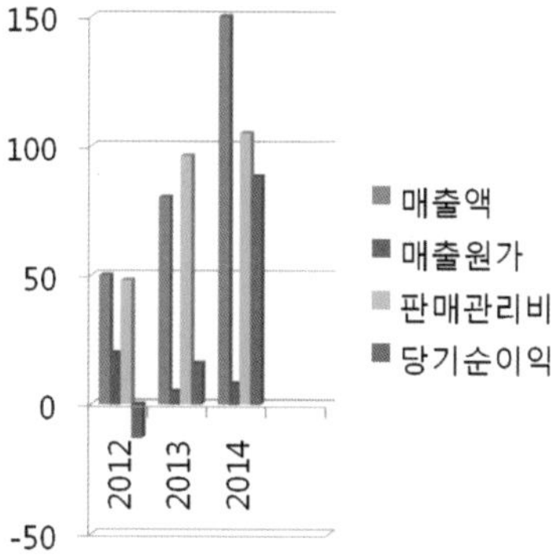

(금액단위: 백만원)

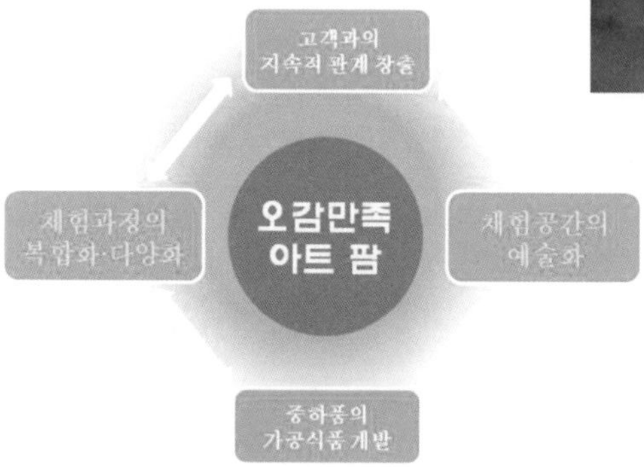

감사합니다. Thank YOU

9

『그린매거진』 도농 남녀

이 맛에 간다 도농남녀
글_지나라 사진_심민보
도시로 귀농한
팔공산 농업인
친환경 농법으로
로컬푸드 선도
한울친환경영농조합법인 대표 곽해묵
주소 대구광역시 동구 팔공로 814-3 문의 053-984-7703
(http://blog.naver.com/hw8062)
안전하고 믿을 수 있는 먹거리 생산을 목표로 친환경 농사를 고집하는 곽해묵 대표
그린매거진 2017. 1

한울친환경영농조합법인의 무공해 쌈채소. 지역 소비자에게 많은 인기를 모으고 있다

대구광역시 팔공산자락에 위치한 공산동 일대는 지난 2006년 친환경농업지구로 조성됐다. 도심 한복판 그린벨트 지역이 친환경농업의 중심지로 인정받기까지 팔공산의 맑은 공기와 깨끗한 지하광천수를 이용한 수경재배와 유기농법을 고수해 온 한울친한경영농조합법인 곽해묵 대표의 뚝심과 노력이 있었다. 근교 농업의 미래와 가치를 고민하며 인근 농가들에게 무농약재배, 유기농 재배를 안내하고 국제유기농인증 획득의 산파역할을 해온 대구친환경농업인 1호 곽해묵 대표를 만났다.

건강한 사회는 행복한 밥상에서 시작

"자본이 없는 사람이 남과 같은 방법으로 농사를 시작하면 경쟁력이 없다고 생각했어요. 물 정화 기술을 활용해 친환경농법에 도전해보자 생각하고 무작정 비닐하우스를 지었습니다." 곽 대표는 군 제대 후 전공을 살려 환경 기사가 됐다. 대기와 수질을 관리하고 자연을 복원하는 보람된 직업이라 생각했지만 장마철 폐기물 무단방류와 같은 경영주의 비정상적인 지시에 자긍심은 바닥으로 떨어졌다. 환경 보호자가 아닌 환경 파괴자가 될 수 없었기에 제2의 인생을 설계했고, 안전하고 믿을 수 있는 먹을거리 생산을 목표로 1995년 귀농을 결심했다. 하지만 당시 공판장 경매가로는 수익은커녕 재배원가도 맞출 수 없었다. 고민 끝에 4인 가족이 한 끼에 먹을 양만큼 친환경 쌈채소를 소포장해 거래처를 찾았지만 판로 개척은 쉽지 않았다. "처음 10년은 아침 4시에 농장에 나와 수확하고 오후에는 상품을 포장해 저녁 6시가 되면 대구 시내 슈퍼와 마트를 돌면서 상품 진열을 부탁하고 밤 12시에 퇴근했습니다." 그는 거래처를 찾기 위해 주말도 없이 대구 시내를 돌았다. 마트 운영자들은 소량 판매되는 친환경 채소의 수익률이 높지 않아 처음에는 시큰둥한 반응을 보였지만 곽 대표가 포기하지 않고 방문하며 친환경 채소의 장점을 알리고, 또 시든 채소를 새 상품으로 교환해 준다는 약속을 하자 신선채소 자리를 하나 둘 내주기 시작했다. 결과는 대성공이었다. 소비자로부터 점점 좋은 반응을 얻자 곽 대표는 주위 농가들을 설득해 본격적인 친환경 쌈채소 생산과 유통 단지 조성에 나섰다.

1 쌈채소와 함께 약 0.2ha의 딸기 농사도 함께 짓고 있다 2 곽 대표와 주변 농가의 노력으로 팔공산 미대동 일대는 농촌체험 명소로 이름을 알리기 시작했다 3 친환경 농법으로 재배한 싱싱한 쌈채소 4 앞으로 더 많은 사람들과 농촌의 밝은 미래를 만들어가고 싶다는 곽해묵 대표

친환경농업의 유토피아 조성

팔공산 미대동은 행정구역상 대구광역시이지만 천년 고찰과 다양한 문화유산 품고 있는 그린벨트 지역이자 전형적인 농촌이다. 도심과 가깝다는 장점이 있지만 정부의 다양한 농촌지역 지원정책의 혜택은 받지 못하고 개발제한 구역의 제약이 많았다. 곽 대표는 미대동의 장점은살리고 단점을 극복하기 위해 1996년 지역 농가들과 공산친환경농업연구회를 발족하고 1997년 친환경농법 관련 작목반을 결성했다. 마을 전체를 친환경 농업지역으로 만들 계획을 세우고 자연순환농법을 준수하며 발효퇴비와 한방액비를 공동으로 생산해 이용하기 시작했다.

이어 농림부와 보건복지부, 대구광역시를 오가며 끈질기게 요청한 결과 공산친환경농업지구 지정을 이끌어 낼 수 있었다. 결과 이 지역은 지리적 여건과 천혜의 자연환경, 친환경 농업 3박자가 어우러진 관광농업과 농촌체험 명소로 이름을 알리기 시작했다. 상수원보호구역의 깨끗한 지하수를 자동 관수하는 방법으로 재배한 팔공산 미나리는 전국의 명물이 됐으며, 2010년에는 세계유기농업운동연맹(IFOAM) 인증도 대구 최초로 받았다.

배우고 나누면 즐겁지 아니한다

1995년 한울수경 개원, 1997년 대구시 최초 엽채류 친환경인증, 2004년 한울친환경영농조합 법인설립, 2008년 신지식농업인 선정에 이르기까지 곽해묵 대표는 지난 20년 한 결 같이 배우고 연구하는 농업인이었다. 그의 농부 인생도 순탄하기만 했던 것은 아니다. 2003년 태풍 매미에 비닐하우스를 모두 잃기도 하고, 야심차게 시작했던 허브농원이 부침을 겪는 등 어려운 고비가 여러 차례 찾아왔지만 그때마다 다시 공부하고 다시 시작했다.

"농사는 정답이 없습니다. 다만 소비자가 믿고 먹을 수 있는 건강한 농산물을 생산해야 할 책임이 있죠." 현재 3,000평 규모의 쌈채소와 500평 규모의 딸기를 재배하고 있는 곽 대표는 미대내동정보마을 운영위원장으로 활동하며 딸기 수확체험과 밀수제비 만들기, 국수만들기, 떡메치기 등을 연계한 체험 프로그램도 운영하고 있다. 지금도 꾸준히 인근 농가들과 친환경 농법을 연구하고 로컬푸드 겸 친환경농산물 조례를 만들기 위한 노력도 게을리하지 않는다. 그는 머지않은 미래에 농부학교를 세우고 더 많은 사람들과 농촌의 미래를 함께 만들어갈 계획이다. "사람이 살면서 직업을 3번 바꾼다고 합니다. 처음에는 회사원으로, 두 번째는 농업인으로, 세 번째는 농부학교 선생님으로 남은 삶을 살 수 있다면 세상에서 가장 행복한 삶 아닐까요."

그린매거진 2017. 1

미대내동정보화마을은?

도심 속 농촌마을로 동화사, 부인사 등 오래된 사찰과 방짜유기박물관, 안전테마파크 등 다양한 역사유적과 문화유산을 간직한 팔공산자락에 자리해 있다. 친환경 농법으로 우렁이 농법 쌀, 팔공산 친환경 미나리, 갓바위 캐릭터 사과, 수출형 무공해 시설채소단지 및 과일단지 등을 조성해 개발제한으로 야기된 제약을 극복하며 아름다운 환경 속에 품위 있는 삶을 추구한다. 인근 지역 학생들은 물론 외국인과 관광객이 즐겨 찾는 농촌체험마을이다.

http://palgong.invil.org

2

3

4

10

유기농 쌈 채소 생산 선구자

- 대구 『농민신문』 기사 -

성공농업인

◀ 곽해묵 씨 〈대구 동구 미대동〉

유기농 쌈 채소를 생산하는 곽해묵 씨(52, 대구 동구 미대동)에게는 '최초'란 수식어가 유난히 많이 붙는다.

공대를 졸업하고 1995년 팔공산자락으로 귀농한 곽 씨는 1997년 대구 최초로 엽채류 친환경 인증을 받았다. 또 인근 농가와 규합해 영농조합법인과 친환경 연구회를 만들어 힘쓴 결과 2006년엔 특 광역시 최초로 미대동 일대 30㏊가 친환경 농업 지구로 지정됐다. 올해는 세계 유기농업 운동 연맹(IFOAM) 인증을 대구에서 최초로 받았다. 이 때문에 대구 지역 농업인들에게 그는 친환경 농업 선구자로 불린다.

그는 귀농 초기부터 안전하고 믿을 수 있는 먹을거리 생산을 확고한 목표로 삼았다. 그래서 처음부터 빚을 얻어 수경 재배 시설을 마련하고, 2년 후 친환경 인증을 획득했다.

하지만 어려움도 따랐다. 생산 초기엔 판로 확보가 큰 문제였다. 곽 씨는 "공판장에 출하하니 생산비도 못 건져 채소를 들고 슈퍼마켓을 찾아 매장 일부를 빌려 직접 판매했다."라고 말했다. 제때에 팔지 못하고 시든 쌈 채소는 리콜제를 도입, 곧바로 회수했다.

결과는 성공적이었다. 싱싱하고 안전한 쌈 채소를 접한 소비자들로부터 좋은 반응을 얻자 그는 주위 농가들을 설득해 함께 본격적인 친환경 쌈 채소 생산과 유통에 나섰다. 그렇게 해서 공산 친환경 농업 연구회가 발족됐다.

이후 쌈채류 유통과 판매의 전문성을 확보하기 위해 한울 친환경 영농조합법인을 설립했다. 10 농가가 참여한 영농법인에서는 현재 연간 350여 톤의 유기농 쌈 채소를 생산, 연 매출 15억 원을 훌쩍 넘기고 있다.

연간 조수입이 1억3,000만 원에 달하는 그는 체험 관광 농업도 구상하고 있다. 친환경 농장과 집하장을 고객들에게 개방한 것도 이 때문이다. 전문적인 농업 농산물 유통 지식을 쌓기 위해 지난 8월엔 경북대 박사과정도 시작했다.

곽 씨는 "앞으로 영농법인을 육묘 생산 유통 체험 판매 등으로 분업화 전문화하고, 가공업 진출도 고려하고 있다,"라고 밝혔다.
☎ 010-9722-7703.

대구=유건연 기자 sower@nongmin.com
[최종편집: 2010/11/10]

11

세월이 흐르면 슬픈 전설이 되겠지요

사람은 누구나 시간의 굴레에 갇혀 살아간다.

그 시간의 굴레는 한정적이고 반복되지는 않기에 때로는 환희의 순간을 축제 자리로 끌어와 붙잡아두려고 하지만 아쉬움으로 보내야 한다. 슬픔과 고통의 시간은 퇴색되어가는 시간만큼 상처가 치유되고, 추억은 짙게 채색되어 기억 속으로 사진첩이 되어 쌓여가나 보다.

이름마저 '세월호'였다.

세월호가 시간 속으로, 바닷속으로 수장되어 가는 동안 발만 구르고 있었다. 나약한 인간임을 증명이라도 하려는 듯 파도와 물살은 더 세지고 비바람까지 몰아치며 수학여행 출발 이전으로 시간을 돌리고 싶은 심정에 간곡히 빌고 또 빌었건만, 무심한 시간은 망설임도 없이 매몰차게 흘러만 갔다. 온 나라가 세월호 침몰에 안타까운 마음에 노란 리본을 달고 촛불 추모를 하는 것은 우리의 희망인 어린 학생들의 희생이 너무나 크기 때문일 것이다.

어저께 우리 동네 젊은 친구의 방울토마토 농장에서 전기 누전으로 불이 났다. 겨우내 키워서 첫 수확을 오늘내일하고 있었는데, 양액 재배 컨트롤 박스와 하우스 자동제어장치며, 새로 설치한 무인 방제기,

보온 시설인 커튼 등 비닐하우스 온실이 전소되어 그 피해가 1억 원이 넘을 것 같다. 그 친구가 좌절하지 않도록 우리 지역 농업경영인들이 피해 복구 작업에 직접 팔을 걷어붙이고 철거 작업을 돕기로 했다.

지난 동짓날 딸기 농장의 화제로 혼이 난 나의 겨울 농사에 "딸기 온실에 불이 났으니 대박 날 것이다."라고 많이들 위로했지만 겨우내 허리 휘도록 땀 흘려 지은 딸기 농사는 온실 난방비와 모종, 농자재 대금, 하우스 보수비 등을 제하고 나니 도망간 건 내 인건비와 빼앗긴 시간뿐이었다. 아픈 상처는 쓰라린 고통 없이 치유될 수 없는 것처럼 퇴색된 시간이 아픈 마음을 보듬어주고, 망각으로 또 희망을, 내일을 심어본다.

우리네 인생사는 '행복은 순간이고, 시련과 고난은 파동처럼 지속해서 이어지는 것'이 아닐까?

◀ 21일간 어미 닭이 품기만 했는데, 예쁜 새 생명이 노란 희망과 기쁨으로 찾아왔다.

흔히 하는 말로 '닭대가리' 하며 나쁜 기억력이나 깜박이는 망각증을 조롱하는데, 유심히 관찰한 나의 견해는 다르다. '훠이' 하고 쫓아버리면 몇 발짝 가다가 다시 돌아오는 것은 나쁜 기억력 때문이 아니라 강한 집착 때문에 미련을 버리지 못하고 재도전하는 것이다.

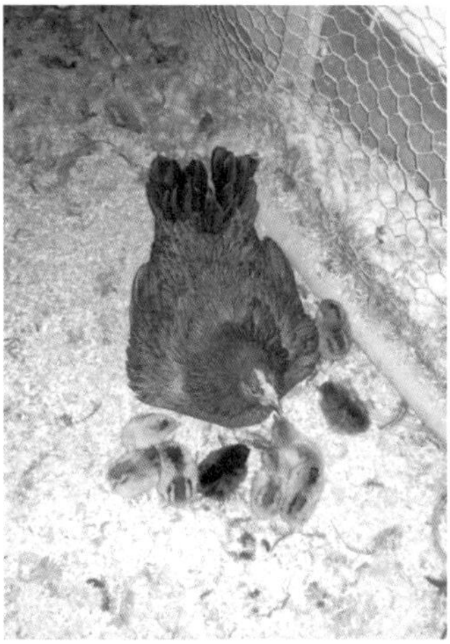 

특히 알을 품고 있을 때는 죽음을 불사하고 어떤 위험이 닥쳐도 도망가지 않고 자리를 지킨다.

그리고 그들의 위계질서는 군주제도보다도 더 철저하다.

대장 장닭이 회를 치며 '꼬끼오' 하고 첫 새벽을 알리기 전에는 어느 장닭도 울지 않는다.

또 화려한 벼슬과 빛나는 깃털로 권위를, 날카로운 발톱 으로 위용을 자랑하는 것이 근엄하기까지하다.

인륜을 저버리고 책임을 모르는 체하는 사람은 닭에게 배워야 한다.

지난 일요일 유기농 딸기밭에 여린 희망들이 다녀갔다.

호기심 많은 그들에게 생명의 소중함과 자연의 신비를 전해주려고 체험 농장을 열었는데, 세월호 침몰로 체험 학습 프로그램을 축소한다니 농촌은 또 걱정을 앞세우고 내일을 기다려야 한다.

나라가 슬프다고 농부가 농사를 놓고 있을 수 없다.

어제는 기생충 파문으로 홍역을 치른 미나리밭을 갈아서 케일과 적겨자, 청겨자를 심었다.

하우스 사이로 피어난 자운영 꽃이 예쁘다.

자운영은 이렇게 화려한 꽃으로 밀원이 되고, 잎과 줄기는 양질의 비료가 되어 곡식의 풍년을 기약하고 꼬투리를 맺은 열매는 더 많은 번식으로 다시 가을에 돋아나고 살바람 에는 겨울을 지나 아지랑이 피는 봄 들녘에 보랏빛 경관으로 풍년을 불러올 것이다.

그날이 오면 나도 이 테라스에 나무 의자 하나 놓고 앉아 찻잔에 지난 추억 하나 띄워 놓고 시간의 풍차를 돌려보련다.

12

도심으로 시집간 농심

"이기 머꼬?"

"이 할망구야! 이기 요새 아~들이 말하는 쌀나무 아이가, 나락이다. 나락도 모리고, 나이 헛먹었구마?"

"그기 아이고 아이 삼복인데 벌써 이삭이 패가 고개까지 수긴기 신기해가 카는 소리 아이요?"

"맨날 성냥 각처럼 쌓아놓은 삘딩하고 세민바닥만 보다가 나락을 보이 옛날 생각이…."

"영감! 그때 생각 나우…."

멀어지는 노부부의 투박한 질그릇 같은 대화 속에 배어있는 그 세대 특유의 표현이 너무 재미있어 나도 모르게 피식 웃음을 놓치고 말았다.

꽃처럼 화려한 모습과 향기는 품지 않았지만 수수한 모습만큼이나 은근한 민족 정서로 농경문화와 농심을 담은 벼 화분을 모난 회색의 공간에 갇혀버린 도심으로 시집보내는 날이었다.

삼복더위가 기성을 부리는 폭염으로 여름철이면 열섬 효과에 도심은 열대야로 뒤척이는 밤잠을 달래느라 짜증만 꾹꾹 눌러두어야 했는데, 도심으로 시집온 벼 화분이 늘 긴장감 속에 치열한 경쟁과 삭막한 도시환경에서 메마른 정서로 퍼석한 도시 삶을 살아가는 도시민에게는 신선한 충격으로 마음을 흔들어놓았다.

녹색의 생명과 신비로움으로 교감을 나누던 여학생은 스마트폰으로 즐거운 비명을 바쁘게 퍼 날랐다.

그런 도시민의 모습에 덩달아 즐거운 마음이 감염된 우리 도시농업인은 땀에 흠뻑 젖은 작업복을 입고, 찌그러진 밀짚모자를 쓰고, 흙 묻은 장화를 신었지만, 말쑥하게 차려입은 사람들로 가득한 대구광역시 중앙로에서 기죽지 않았다. 찌던 땀 냄새보다 진한 가슴 뿌듯한 기쁨으로 향기로웠다. 각박한 도심 깊이 내려앉은 벼 화분에 묻어온 농심으로 스트레스를 치유 받은 도시민의 마음은 풍성한 정서로 즐거움이 넘치고 있었다. 그렇게 펼쳐놓은 행복한 도시농업으로 새로운 농업의 가치를 확인하는 순간, 화폐는 더 이상 평가 단위가 될 수 없었다.

원래 하나였던 도시와 농업이 산업의 발달로 도시가 급속히 비대해지면서 분리되었다.

농업의 다원적 기능과 가치를 무시한 채 경제적인 수치로만 평가하는 시민 정서와 산업 성장 위주의 도시행정은 농업을 뒷전에 두고 외면해왔다. 그 결과 수입 농산물의 풍성한 먹거리 속에서 현대병을 키워온 도시민들이 안전 안심한 먹거리로 신토불이, 로컬 푸드, 유기농산물, 기능성 농산물을 찾으면서 농업이 새로운 조명을 받게 되었으나 식량과 농산물의 생산 산업적인 측면에 치우쳐 있다.

그래서 규모화 조직화의 정부 농업정책과 250만 명의 대구광역시 도시 행정에서 열악한 대구시 농정은 허기진 농업으로 우울하다. 늘 부족한 도시농업을 의욕과 자부심으로 채운 우리 도시농업인은 구박받는 임차농, 소작농으로 농업의 사회적 환경적 역할, 즉 각종 규제와 통제의 어려운 난관을 헤쳐가며 도심 속의 친환경 농업 지구와 자운영 경관 농업으로 농업의 다원적 기능과 가치를 알리고 실천하는 도시농업으로 도시민에게 쾌적한 정주 공간을 제공하여 왔다.

하지만 먼발치에서 까치발을 한 채 빌딩 숲에 도시농업을 심고 농업의 다원적 기능과 가치를 도시농업인의 힘으로만 알리기에는 역부족이었다.

2011년 대구 세계육상선수권대회 홍보를 위한 마스코트 살비와 엠블럼을 유색 벼로 그려놓은 팜 아트가 일간지 일 면 머리기사와 TV 등 매스컴을 타고 대구광역시 농업기술센터는 농업의 새로운 가치로 세계육상선수권대회의 홍보대사 역할을 훌륭히 수행하고 폭발적인 시민의 찬사를 받았다. 그리고 우리 도시농업인은 세계육상선수권대회 마라톤 구간 중 도심의 2km 양쪽 도로변에 2,011개의 벼 화분을 전시하는 라이스 거리 조성과 팜 아트를 봄부터 한가위까지 그림자처럼 가꾸고 보살피면서 도시민과 공유하는 행복한 도시농업, 농업의 새로운 가치의 자랑과 가슴 벅찬 행복감을 느꼈다.

대구 세계육상선수권대회도 성공리에 마쳤으니 이달이 다하기 전에 라이스 거리 2,011개 화분 벼를 수확하고, 농악놀이로 도심에서 가을 추수 체험 행사로 올해의 도시농업을 거두어들이려고 한다. 그리고 라이스 거리에서 수확한 벼 300kg은 도정하여 대구광역시 동구 장애인

들과 나누는 즐거움을 함께 가질 계획이다. 이러한 모두의 열정과 기쁨이 도시농업의 발전으로 이어지도록 행정과 위정자의 관심과 지원이 지속되었으면 한다.

농업에 스며있는 민족문화와 정서 그리고 생명존중과 식육(植育) 교육, 정서 순화와 스트레스 치유 등의 사회적인 다원적 가치와 국민 보건으로 직결되는 환경적인 역할과 기능을 도시민과 함께 가슴으로 느끼는 공감을 형성할 수 있을 것이다.

그래서 초기 도시계획에서부터 밑그림으로 농업 공원, 체험 관광 농업 구역과 농업 특성화 지구 등이 기획되고, 도시계획의 기본 바탕색으로 농업이 음각되어서 도시 생활과 함께 즐기는 농업, 도시농업이 그린피아 컬러풀 대구를 꿈꾸는 도시농업인의 희망으로 실현되었으면 참 좋겠다.

13

폭우로 세탁하다

요즘 무척 바쁘게 아주 행복한 신바람을 일으키는 사람이 있다.

신문 일 면에 사진이 오르고, 3대 지상파TV에도 그분이 주관한 프로젝트가 화려하게 펼쳐졌다. 먹거리와 식품 원료의 농업 개념에서 감성과 예술로 농업과 농장을 포장하여 새로운 농업의 가치 창출로 도시민의 감동을 사고 있다. 덩달아 일어난 자긍심은 부담되기도 하나보다.

국채보상공원으로 벼 화분을 옮기려고 하던 전날 밤부터 비가 내렸다. 오히려 아침에는 더 큰 소나기로 게으른 마음을 펌프질했다.

그런데 우리 회원들이 부담스러운 마음을 털어 돌팔매질하듯 쏟아지는 폭우로 두 번이나 세탁하고, 장마철에 불어나는 개울물처럼 흐르는 땀으로 탈수를 하여, 체온으로 젖은 옷을 말려가며 부지런히 벼 화분을 옮겼다.

진흙 속에 빠진 화물차를 트랙터로 끌어주고 당겨주면서 우중의 작업은 계속되었다. 그렇게 차량 7대에 싣고 나니 하늘도 조금은 미안했던지 잠시 비를 멎어주기도 했다.

진흙탕에서 건져온 차량을 지하수로 세척하여 팔공산을 나선 차량 7대가 나란히 250만 도심으로 들어가니 시민들이 휘둥그레졌다.

젖은 옷도 마르고 하늘이 슬픔을 삼키는 틈에서 흐뭇하게 돋아나는 기쁨을 지나가는 시민들에게 들켰나 보다.

농업의 신개념 새로운 가치 창출은 지속될 것이다.

2011 대구 세계육상선수권대회가 성공적으로 마무리되기를 기원하는 농부의 하루였다.

제4장

추억의 일기장 그리고 강의 노트

1

깜장 고무신

버스가 지나갔다.

뿌연 먼지가 회오리바람을 일으키며 덮쳐왔다.

잠깐 멈추었다가 바람이 불어오는 쪽으로 먼지를 피해 길을 건너서 걸었다.

늘 외톨이로 학교길을 다니던 산골 아이였는데, 오늘은 내 뒤를 따르는 이가 많았다.

큰 마을에 접어들면 길은 두 갈래로 가랑이를 뻗고 있다.

모두 헤어지고 혼자만 남았다.

옆길로 빠져들면 좁은 길에 작은 고갯길이 있다.

우리는 이 고개를 동산마루라고 했다.

언제부터 인지는 모르지만, 위의 형들이 그렇게 부르고 그 위의 형들도 그렇게 불러왔고

또 그렇게 부른다.

이 고개를 오르면 삐뚤어진 삼태기 같은 오막한 골짝이 나타난다.

사람들은 이 골짝을 말리골이라고 했다.

'그 옛날 이곳에 큰 선비가 살았는데, 그 선비를 찾아오는 손님들의 말발굽이 만 리나 뻗쳤다'고 해서 붙여진 이름이라고 어른의 말씀을 얼핏 들은 기억은 있지만, 그 말이 사실인지 나도 모른다.

다만 한 가지 분명한 것은 내가 그곳에서 가난한 촌부의 아들로 태어났다는 것뿐….

고갯길을 내려서면 불개미 장 같은 가늘고 길게 꼬불꼬불한 밭둑길이다.

나는 까만 고무신을 벗어들었다.

엊그제 아버지께서 읍내 장에 다녀오시며 사주신 새 신발이었다.

발뒤꿈치를 갉아먹어 아파서 벗어든 것만은 아니었다.

어머니께서 "아껴 신어라."라고 했지만 새 고무신이라 너무 사랑스럽기도 했으며

또한, 이곳에 오면 여태껏 신발을 벗어드는 것이 철칙인 듯 언젠가부터 습관처럼 굳어가고 있었다.

운동화를 신은 친구들이 꿰맨 헌 고무신을 신고 가는 내 뒤를 쫓으며

"탄재이 구루마 발통 누가 돌리노? 집에 와서 생각카이…."

이렇게 놀림 받던 헌 고무신은 엿 바꾸어 먹으려고 꽁꽁 숨겨두었다가 엄마에게 들켜서 가위로 돈짝만 하게 오려서 호롱 속 석유에 잠겨서 삭혀지고 있다. 나중에 지우개로 삼으려고….

헌 고무신짝이 가위질을 당할 때 서러워 울던 내 모습이 생각났다.

"그 까이꺼…." 하면서 고무신을 쳐들며 하늘 향해 만세를 불렀다.

삼월의 땅은 아직도 냉기가 남아있었다.

그런데 오늘은 발이 시리지가 않았다.

아니 그렇게 느껴졌다고 해야 옳을 것이다.

오늘은 기분이 대길이니까.

나를 괴롭히던 힘센 친구도 오늘은 내게로 와서 앞으로 친하자고 하면서 내게 모여들었으니까.

가던 길을 멈추고 내 발을 내려다봤다.

조그마한 발에 빙 둘러서 까만 고무신 때가 박혀있었다.

그런 모양이 미웠다.

"왜 아버지는 백 고무신을 안 사주시고…." 그렇게 중얼거리다가 말끝을 흘리고 말았다.

깜장 고무신이 백 고무신보다 더 질겨 오래 신을 수 있다는 아버지의 의중을 알았기 때문이었다.

'아야! 요놈에 돌멩이!'

이런저런 생각에 아무 데나 덥석덥석 내디딘 맨발바닥에 그만 깨어진 돌조각이 박혀버린 것이다.

돌조각을 뽑은 자리에는 빨간 피가 자꾸 흘러나왔다.

집까지는 큰 마을에서 반 정도 왔는데, 저 멀리 산모퉁이에 웅크리고 앉은 우리 집이 보였다.

냇가까지 달렸다.

징검다리에 걸터앉아 냇물에 발을 담그자 아랫도리가 짜릿해 왔다.

다홍으로 물든 듯 발은 금세 빨갛게 물들었다.

발의 고무신 때를 벗기고 상처난 곳을 보드라운 흙으로 문질렀다.

배에서 '꼬르륵' 소리가 났다. 아침에 먹은 무밥의 군내가 아직도 나는 것 같았다.

보드라운 모래를 집게손가락에 찍어 양치질을 해도 냄새는 여전한 것 같았다.

집에 들어서자마자 정지문을 열어젖혔다.

부뚜막엔 빈 광주리만 덩그러니 놓여있고, 어머니는 안 계셨다.

보리밭에 나가신 모양이다.

자랑하고 싶었는데 우리 반 부급장이 된 것을….

오늘 향산 24회 동기 모임(10/28)에 참석 못 해서 초등학교 졸업 사진을 찾다가 69년 3월 일기장을 발견했습니다.

서투른 글씨 몇 자 수정해서 올려봅니다. 그 시절의 생활이 잘 그려진 듯해서….

ㄹ

소풍

오늘은 수업도 일찍 마쳤다.

그저 들뜬 마음에 아까부터 대문 밖에 서서 아래쪽만 기웃거리고 있었다. 오늘이 선산 읍내 장날이기도 했지만, 내일은 소풍 가는 날이기도 했다.

그래서 읍내 장에 가신 아버지가 더욱더 기다려진 것이었다.

찐빵을 만들려고 어머니는 밀가루 반죽하랴 그저 바쁘기만 했다.

형은 땅콩을 조금 캐어와서 삶을 준비를 해놓고 고구마도 캐어왔다.

늘 팔아야 한다고 쳐다보기도 힘들었던 땅콩을 먹어보는 날은 소풍 가는 날 뿐이었기에 더 기분이 좋아지는 것인지도 모르겠다.

해가 저물어 산그늘을 길게 끌던 서산 노을이 다 타버리고, 땅거미가 고양이처럼 살금살금 기어들어 왔다.

저만큼에서 거무레한 것이 얼렁거렸다.

뛰어가서 마중했다.

술이 거나하게 취하신 아버지의 발걸음은 기분이 좋아서 비칠거리는 것처럼 보였다.

아버지의 노랫가락에 따라 비틀거리는 자전거 핸들에는 꽁치 두 마리가 대롱거리고 있었다.

모처럼 저녁상에 오른 꽁치가 천덕꾸러기처럼 왔다 갔다 했다.

아버지 눈치를 보면서 젓가락만 빨며 아버지 식사를 기다리는데, 아버지는 어머니 앞으로 꽁치를 밀어주고 어머니는 다시 아버지께로 밀어주었다. 저녁상을 물리고 장 보따리를 풀었다.

온 식구가 둘러앉아 장 보따리만 쳐다보았다.

"내년에 중학교도 들어가고 내일 아~들 소풍도 간다카이 사 왔다!" 하시며 운동화를 건네주시는 아버지의 손이 오늘따라 왠지 더 큼직하게 느껴졌다. 다락에 넣어두고 잠자리에 누웠다가 일어나 운동화를 꺼내 신어보고 안아보고, 다시 넣어두었다가 꺼내는 그 짓을 수십 번 해도 즐거웠다. 난생처음 신어보는 운동화였기에 더욱 그러했다.

운동화를 신고 다니는 친구들을 부러워하면서 닳지 않는 검정 고무신을 무척 원망도 했는데….

신었다 벗었다 하는 야단스러운 행동이 큰방까지 들렸는지 "안자고 뭐하노?" 하시는 아버지의 목소리는 부드럽고 무겁게 느껴졌다.

도리사 소풍 장소까지 따라와 펼쳐놓은 장사꾼의 물건들이 아까부터 내 눈을 유혹했다.

안 보려고 고개를 일부러 돌리고 엄마가 싸준 삶은 땅콩이며, 찐빵으로 달래보지만 잠시 후면 또 그곳을 바라보고 있다.

방앗간에 찾아든 참새 떼처럼 우르르 둘러서서 재잘거리는 아이들이 부러웠다.

주머니에 손을 넣고 한 번 만져보고, 또 손을 뺐다가 침을 한번 삼키고, 또 손을 주머니에 넣고 동전을 조몰락거렸다.

작년에 받은 소풍비보다 오늘은 두 배나 더 받았는데도 그렇게 망설였다.

친구 중에는 오백 원을 가지고 온 친구도 많았고, 천 원이나 가져온 친구도 있었다.

손바닥에 땀이 나서 돈 냄새가 지독하게 나는 것 같았다.

이마에 맺힌 땀을 닦다가 흉터가 만져졌다.

1학년 때 문지방을 드나들면서 많이 받쳐서 생긴 종기를 병원비 때문에 산양약국에서 째고, 치료하고 덧나서 돈거미집을 발라서 아문 흉터다.

종기를 마취 없이 생다지로 째던 날 나는 몸부림치면서 얼마나 울었는지 모른다.

그날 아버지는 건빵을 한 봉지 사서 내 손에 쥐어주었다.

그것이 내가 아버지께 처음 받은 과자 선물로 기억에 남아있다.

어둠이 짙게 깔린 밤길을 산양에서 집까지 아버지는 아프다고 징징거리며 한 손으로는 건빵을 입에 넣고 빨던 나를 업고 걸었다.

나는 널찍한 아버지 등에서 볼을 대고 잠이 들었다.

그때 처음으로 아버지의 등도 어머니의 가슴만큼 푸근함을 알았다.

'그래 이것으로 아버지 담배나 사드리자.' 나는 그렇게 혼잣말을 흘렸다.

소풍을 마치고 집으로 돌아오는 길에서는 동전이 아닌 칠십 원짜리 신탄진 담배 한 갑을 주머니에 넣고 조몰락거리며 괜히 어른이 된 양 자꾸만 히죽거리며 걷고 있었다.

보물찾기할 때 빈 쪽지도 찾지 못했던 산골 소년의 소풍 이야기. 친구야, 너와 나의 이야기 아니겠니?

추어탕

파란 하늘이 가을을 사르고 있고, 들녘에는 쏙 파먹은 허수아비가 벌러덩 자빠져 있다.

된서리 맞은 단풍은 낙엽 되어 발아래에서 애원이다.

책보를 던져놓고 형과 나는 삽 한 자루와 세숫대야를 들고 군논으로 달려갔다.

논둑의 구절초 꽃이 반쯤 시들어 있었다.

쌀쌀한 날씨에도 바짓가랑이를 둥둥 걷어올린 채 맨발로 무논 뒷도구를 어슬렁거려본다.

살얼음이 얼 것 같은 아린 차가움이 사타구니 사이로 파고들어 왔다.

겉물이 빠진 무논 뒷도구를 들여다보면

미꾸라지가 기어간 흔적과 뽀끔거리는 숨구멍이 보인다.

그곳을 삽으로 푸~욱 찔러 퍼 올려 흙을 엎어놓고 헤쳐본다.

배때기가 빠~ 알간 미꾸라지가 꿈틀거리며 재빨리 진흙 속으로 도망치려고 한다.

급한 마음에 손을 뻗어 내리치니 진흙탕물이 얼굴에 '퍽' 하고 덮쳐왔다.

손가락 사이로 매끄럽게 빠져 도망치는 미꾸라지 잡는 재미에 정신이 없다.

그렇게 미꾸라지를 잡아 세숫대야에 담으며 시간 가는 줄 몰랐다.

땅거미가 서산 그늘을 끌고올 때쯤 집으로 왔다.

옷은 해초로 범벅되어있고, 발은 얼어서 빨갛게 선홍빛이다.

집으로 돌아오는 길은 눈만 감으면 바글거리는 미꾸라지 모습에 짧은 해가 원망스럽다.

해초를 덮어쓴 모습으로 사립문을 들어서면 부엌에서 저녁준비하시던 어머니가 부지깽이를 쳐들고 쫓아온다. 마당에 미꾸라지를 내려놓고 부리나케 도망을 친다.

"내일 갈아입을 옷도 없는데 빨랫감만 만들어, 이놈들아!"

동구 앞까지 따라오시던 어머니는 돌아서면서 "어이구 속 터져!" 하고는 집으로 갔다.

속옷도 없이 벌거벗긴 채 홑이불을 쓰고 밤새 옷이 마르기를 기다려야 했지만

저녁상에는 지긋지긋한 무밥 대신에 맛있는 추어탕이 올라왔었다.

4

6월의 외출

오늘은 새벽 일찍 외출 준비를 했다.

숨 가쁜 육묘장도 한숨 돌렸다 싶었는데 돌아서니 잡초와 힘겨운 싸움을 벌여야 했다.

그런데 삼동회 총무님의 메시지가 전파를 타고 속삭인다.

야유회 가자고, 가슴 밑에 도사리고 있던 게으름도 함께 부추긴다.

바쁘다는 핑계를 빌려서 모임에 결석이 많이 한 탓에

삼동회 총무님의 볼 낯이 없어 오늘은 작심하고 나섰다.

7시 반 불로동 국민은행 앞에서 만나 간단한 인사를 하고 하동으로 출발했다.

옆자리에 낮은 배종호 씨가 팔공산 녹차 이야기를 서두로 지역 현안 꾸러미 풀어놓았다.

그래서 사람은 사회적 동물이라고 하는 걸까?

나도 역시 농촌 어메니티와 농업 상품 개발,

관광 농업의 주민 의식 등으로 추임새를 달아주었다.

우리 농장에서 재배한 유기농 오디와 앵두 그리고

유기농 대추 토마토와 앵두

대추 토마토와 오디 상품을 사진으로 눈요기만 시켰는데, 군침 넘어가는 소리가 천둥소리를 냈다.

평사리에서

– 민병일

악양 들녘 내려보는 마을에
어머니 눈웃음 닮은 돌각담 길
조붓조붓 나있습니다.
보리밭 실개천 지나
앵두 가지마다 불 밝힌
오롯한 풍경을 보셨는지요.
돌각담 길에 들면
사람을 사랑할 수 있다는 것은
저렇듯 예쁜 돌각담 길 내어주며
끊어진 세상의 길을 잇는 듯싶습니다.
슬픔과 절망도 약으로 달여쓸 것 같은
봄바람 한 줄기
앵두꽃 등 켜진 돌각담 들어섭니다.

지리산 능선을 타고 남으로 가지를 친 대미에 성제봉을 받을고,

악양은 무덤을 넓은 평야 지대로 펼쳐놓고 섬진강을 그려놓았다.

여기에 미점리 아미산과 동정호까지 있어 만석지기 부자가 서넛은 낼 성싶었단다.

그곳이 평사리 최 참판 댁으로 가는 길이었다.

불 밝히던 앵두 가지는 매실나무로 변하였고,

조붓조붓한 돌각담은 알록달록 갈옷에 상점으로 유혹하니

인간들의 욕심을 키운 흐르는 세월은 말 없는 침묵이더이다.

그래도 먼 길 달려왔는데 평사리의 옛 고을 느낌을 찾아 최 참판 댁에 도착했다.

사랑채 대청마루에서 내려다본 악양들과 섬진강은 절경이었다.

별당 아씨 방문을 열어 문안 인사 여쭙고 초여름의 무더위 한숨 돌렸더이다.

섬진강 재첩국 한 사발을 시원하게 들이키고 섬진강 넘어 구례를 지나 조선 3대 명당을 찾아가니,

구름 속에 새처럼 숨은 집, 300년 고택 운조루가 있었다.

그곳에는 아직도 조선 영조 때 대구 만촌동에서 이주한 문화 유씨 7대 종부가 살고 있다.

운조루는 제일 먼저 아침 해가 뜨는 동쪽에 사당이 있고, 안채는 'ㄷ' 자형이다.

소설 대문 앞 동서로 흘러 들녘으로 가는 개천이 있고, 멀리 섬진강이 서쪽으로 들어와 동으로 흐르는 '좌청룡 우백호'의 완벽한 명당이라 하더이다.

그렇게 유월의 땡볕에 쫓겨서 지리산 자락 울창한 숲속으로 숨었더니,

가슴 탁 트이는 맑은 공기와 시원한 산바람이 반갑다며 태안사 일주문을 눈앞에 내려놓았다.

공허한 목탁 소리와 불경 소리에 고개 숙이고 산사의 감로수로 갈증을 씻어냈다.

과거 없는 오늘 없고, 오늘 없는 내일 없다더니

세상사 모두가 마음먹기에 달렸더이다.

오늘 하루 즐겁게 술 한잔에 담아 재미있는 추억으로 남겨두고,

춤사위에 유행가로 한바탕 놀고 나니

팔공산 톨게이트에 도착했다.

5

친환경 농업의 이해

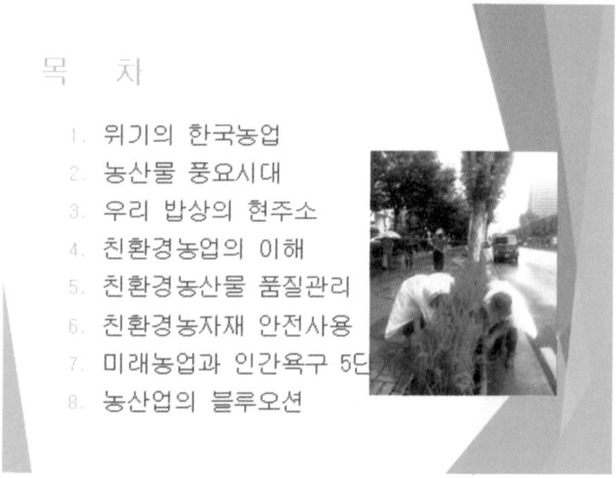

■ **큐알 코드를 스캔하시면** 친환경 농업을 처음 시작하는 농업인이나 **친환경 농업**에 대한 이해가 부족한 분들이 쉽게 이해할 수 있는 강의 자료를 다운받으실 수 있습니다.

6

작목별 특성과 작목선택 전략

■ **큐알 코드를 스캔하시면** 귀농 또는 작목 전환을 생각하는 사람이 필히 참고해야 할 강의 자료를 다운받으실 수 있습니다.

시설 채소 창업 전략

■ **큐알 코드를 스캔하시면** 처음 시설 하우스를 시공하기 전에 온실의 형태와 방향 시설 작물 등의 특성에 맞게 준비하여야 할 것과 **온실 내 환경 관리뿐만 아니라 관수 및 비배관리 등**의 자료를 다운받으실 수 있습니다.

日

hanwool farm story

■ **큐알 코드를 스캔하시면** 농업의 철학을 가지고 창농에서부터 26년간의 시련과 극복 과정의 귀농 사례를 담은 **한울의 영농일지**를 다운받으실 수 있습니다.

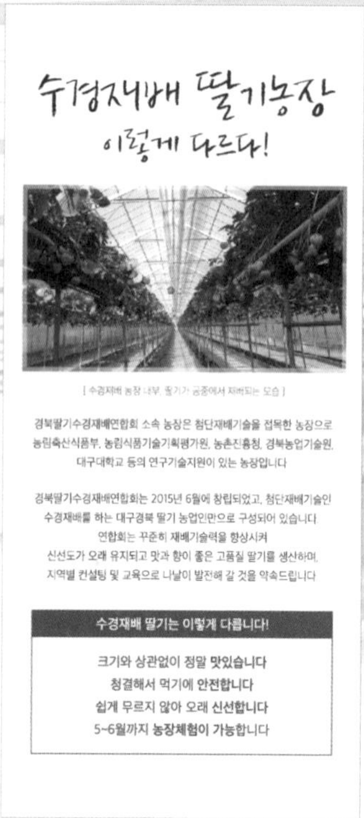

농업아, 너 어디 가니

펴 낸 날 2019년 5월 10일

지 은 이 곽해묵
펴 낸 이 이기성
편집팀장 이윤숙
기획편집 이민선, 최유윤, 정은지
표지디자인 이윤숙
책임마케팅 임용섭, 강보현
펴 낸 곳 도서출판 생각나눔
출판등록 제 2018-000288호
주 소 서울 마포구 잔다리로7안길 22, 태성빌딩 3층
전 화 02-325-5100
팩 스 02-325-5101
홈페이지 www.생각나눔.kr
이 메 일 bookmain@think-book.com

• 책값은 표지 뒷면에 표기되어 있습니다.
ISBN 979-11-90089-03-6 (03810)

• 이 도서의 국립중앙도서관 출판 시 도서목록(CIP)은 서지정보유통지원시스템 홈페이지(http://seoji.nl.go.kr)와 국가자료공동목록시스템(http://www.nl.go.kr/kolisnet)에서 이용하실 수 있습니다(CIP제어번호: CIP2019014839).